처음으로 만나는

삼국지

③ 불타는 적벽

녹색지팡이

제갈량

유비의 삼고초려 끝에 세상에 나온다.
남보다 앞서는 꾀와 작전으로
주유가 적벽에서 조조의 대군과
싸우게 만들고, 촉나라가
세워진 뒤 승상이 된다.

장비

성격이 불같고 술버릇이 고약하지만
의리는 한결같다. 장팔사모를 잘 쓰며
관우만큼 무예가 뛰어나다.

관우

팔십 근이나 되는 청룡도를 잘 다루고
무예가 뛰어나다. 성격 또한 사려 깊어서
조조가 무척 탐내는 장수다. 유비, 장비의
의형제로 죽을 때까지 의리를 저버리지
않는다.

유비

한나라 황제의 먼 친척으로 관우, 장비와 의형제를
맺고 황건적을 물리친다. 마음이 어질어 백성이 늘
따른다. 제갈량을 만나 힘을 키워 촉나라를 세운 뒤
황제의 자리에 오른다.

여포

양아버지 정원을 죽이고
동탁 밑에 들어간다.
무예가 뛰어나지만
눈앞의 이익에만
매달려 믿음과 의리를
자주 저버린다.

주유

손권의 유능한 장수로서
강동의 군사를 총지휘한다.
적벽대전에서 제갈량과
함께 조조를 물리쳐
큰 공을 세운다.

손권

손견의 둘째아들로
성격이 너그럽고 주유,
노숙, 육손 등 아랫사람의
말을 귀담아 잘 듣는다.
유비, 조조와 함께 천하를
셋으로 나누고 오나라의
황제가 된다.

조조

상황 판단이 빠르고, 휘하에 뛰어난 장수와 참모가 많다.
원소, 여포 같은 호걸들을 물리치며 어지러운
한나라에서 가장 먼저 세력을 키운다.

조운 | 유비의 아들을 두 번이나
구하는 촉의 충성스런 장수

황충 | 촉의 오호대장군.
활을 잘 쏘기로 유명하다.

마초 | 충신 마등의 큰아들.
촉의 오호대장군이 된다.

방통 | 적벽대전에서 연환계로
조조를 패배시킨 지략가

위연 | 촉의 장수. 제갈량이
죽은 뒤 배신을 꾀한다.

유선 | 유비의 아들. 촉을
멸망의 길로 이끄는 장본인

강유 | 제갈량의 수제자. 제갈량이
죽자 촉의 대장군이 된다.

하후돈 | 조조가 아끼는 장수.
싸움에서 한 쪽 눈을 잃는다.

장요 | 여포의 부하였으나
여포가 죽자 조조의 편이 된다.

사마의 | 위나라의 참모.
제갈량의 라이벌이다.

등애 | 위나라의 명장.
촉의 강유와 대립한다.

손견 | 손권과 손책의 아버지.
'강동의 호랑이'로 불린다.

노숙 | 손권이 스승처럼
따르는 오나라의 참모

동탁 | 어린 황제를 죽이고
조정을 장악하는 간신

원술 | 원소의 동생으로
모든 일에 욕심이 많다.

차 례

마침내 장강을 무대로 맞서는 유비, 조조, 손권!
유비는 손권과 손을 잡고 조조의 백만 대군에 맞섭니다.
최고의 지략가 제갈량은 주유의 힘을 빌려
조조를 물리치기 위한 작전을
하나둘 성공시키는데……

불어오는 동남풍

어느덧 겨울이 성큼 다가와 있었습니다.

조조는 진지를 둘러보며 마음이 뿌듯했습니다. 오랫동안 훈련을 받은 병사들은 수전에 익숙해져 있었고, 방통의 작전에 따라 서로 얽어맨 배 위를 마음대로 움직였습니다.

조조는 승리가 눈앞에 보이는 듯했습니다. 기분이 좋아진 조조는 배 위에 잔칫상을 차리고 장수들을 모조리 불렀습니다.

"자, 오늘 밤은 마음껏 술을 드시오."

곧 흥겨운 음악 소리가 울리기 시작했습니다.

"손권과 주유만 무찌르면 그대들과 편히 살 수 있소."

이 말에 장수들이 벌떡 일어나 큰절을 올렸습니다.

"저희가 목숨을 다해 승상을 모시겠습니다."

조조는 호탕하게 웃으며 술잔을 들었습니다. 조조는 마치 싸움에서 이긴 사람처럼 거만해 보였습니다.

이때 주유는 산 위에 올라 멀리 조조의 수군을 바라보고 있었습니다. 조조의 병사들이 내지르는 함성은 하늘을 찌를 듯했고, 조조의 배들이 강을 온통 뒤덮고 있었습니다.

"모든 일이 작전대로 되었는데 딱 한 가지가 빠졌구나!"

주유는 근심스레 서북쪽 하늘을 쳐다보았습니다. 그러더니 갑자기 두 손으로 가슴을 움켜쥐며 쓰러졌습니다. 부하들은 주유를 업고 황급히 막사로 돌아갔습니다.

이 모습을 본 노숙이 깜짝 놀라 제갈량의 배로 달려갔습니다.

"주유 대도독이 큰 싸움을 앞두고 쓰러졌으니 어쩌면 좋습니까?"

"저는 대도독께서 왜 쓰러졌는지 잘 압니다. 대도독의 병은 제가 고칠 수 있습니다. 어서 대도독께 가시지요."

제갈량은 노숙과 함께 주유에게 갔습니다.

8

"대도독께서는 어떻게 아프십니까?"

"가슴이 쥐어뜯는 듯이 아프고 머리도 어지럽습니다."

"대도독의 병에는 시원한 약을 써야 합니다."

"시원한 약이라니요?"

제갈량은 주위 사람을 모두 막사 밖으로 내보내고 종이에 붓으로 글을 써서 주유에게 보여 주었습니다.

조조를 이기려면 화공 작전을 써야 하네.

모든 것이 갖추어졌으나 오직 동남풍이 빠졌구나.

글을 본 주유는 깜짝 놀랐습니다.

'내 마음을 이렇게 훤히 알고 있다니.'

제갈량이 미소를 지으며 말을 이었습니다.

"대도독의 병은 바로 근심 때문에 생긴 병입니다. 제가 동남풍을 불게 해서 병을 고쳐 드리겠습니다."

"어떻게 동남풍을 불게 한단 말입니까?"

"하늘에 빌어 사흘 동안 동남풍이 불게 하겠습니다."

"사흘은 됐고 단 하룻밤이라도 불었으면 좋겠습니다."

"그럼 제게 병사 수백 명만 빌려 주십시오."

"마음대로 하십시오."

주유는 도무지 믿을 수 없다는 표정이었습니다. 그러나 제갈량은 단호하게 말했습니다.

"대도독, 다가오는 십일월 이십일에 동남풍이 불어 이십 이일에 멎게 해 보겠습니다."

마침내 주유와 약속한 이십일이 되었습니다. 제갈량은 남병산에 칠성단을 만든 뒤 하늘을 우러러보며 빌기 시작했습니다.

"하늘이시여, 두 손 모아 간절히 빕니다. 우리는 역적과 큰 싸움을 앞두고 동남풍을 애타게 기다리고 있습니다. 부디 한나라와 백성을 위해 동남풍을 보내 주십시오."

제갈량은 머리카락을 풀어헤친 모습으로 하루 종일 기도하고 또 기도했습니다.

한편, 주유는 장수들에게 지시를 내렸습니다.

"배와 무기를 살피고 싸울 채비를 하라. 동남풍이 불면 곧장 조조를 공격하겠다."

강동의 병사들은 주유의 공격 명령이 떨어지기만을 기다렸습니다. 하지만 이십이일이 저무는데도 동남풍은 일어날 기미를 보이지 않았습니다.

주유는 기다리다 지쳤습니다.

"공명의 말은 거짓이오. 한겨울에 어떻게 동남풍이 분단 말이오!"

주유가 노숙에게 말했습니다. 노숙은 주유와 달리 끝까지 제갈량을 믿었습니다.

"제가 겪어 본 공명은 절대 거짓말을 하지 않습니다."

밤 열두시가 되었을 때입니다. 막사 밖을 살피던 노숙이 외쳤습니다.

"대도독, 밖에 바람이 일고 있습니다. 이것은 틀림없는 동남풍입니다!"

그 말에 놀란 주유가 막사 밖으로 나가 보니 과연 뱃머리에 세워 둔 깃발이 서북쪽을 가리키며 힘차게 펄럭이고 있었습니다. 주유는 갑자기 두려운 생각이 들었습니다.

"공명은 도술까지 부릴 줄 아는군. 공명을 살려 두었다가는 언젠가 우리도 큰 화를 당하겠구나."

주유는 부하 장수 정봉과 서성을 불렀습니다.

"서성은 강으로 가고 정봉은 땅으로 가서 공명의 목을 베라. 절대로 살려 두어서는 안 된다."

정봉이 먼저 무사들과 함께 말을 타고 남병산의 칠성단으로 부리나케 달려갔지만, 제갈량은 배를 타고 떠난 뒤였습니다. 마침 그때 서성이 탄 배가 도착했습니다. 정봉은 서성의 배에 올라 함께 제갈량의 배를 뒤쫓았습니다.

얼마 가지 않아 앞에서 느릿느릿 가고 있는 배 한 척이 보였습니다.

"배를 멈추십시오. 대도독께서 공명 선생을 잠깐 뵙자고 하십니다."

그러자 제갈량이 뱃고물에 나타났습니다.

"두 장군은 돌아가서 대도독께 부디 잘 싸우라고 전해 주시오. 나는 우리 주공께 돌아가니 나중에 또 봅시다."

"잠깐 멈추십시오. 제가 할 말이 있습니다."

이 말에 제갈량은 껄껄 웃으며 대꾸했습니다.

"대도독이 나를 죽이려고 하는 것쯤은 알고 있소. 그래서 오늘 조장군에게 나를 데리러 오라고 말해 두었소."

서성의 배가 차츰 제갈량이 탄 배에 가까이 다가갔습니다. 그때 조운이 뱃고물로 나왔습니다.

"나는 상산의 호랑이 조자룡이다. 어서 썩 물러가지 못할까!"

조운은 버럭 소리를 지르며 활을 들어 힘차게 당겼습니다. 화살은 서성이 타고 있는 배의 돛줄에 맞았습니다. 그

바람에 배의 돛이 아래로 뚝 떨어졌습니다. 서성의 배는 더 이상 바람의 힘으로 속력을 낼 수 없었습니다.

그 사이 돛을 올린 조운의 배는 물살을 헤치고 나아가 금세 어둠 속으로 사라져 버렸습니다.

주유는 제갈량이 도망쳤다는 소식을 듣자 약이 올라 발을 동동 굴렀습니다.

"공명이 미리 조운을 불렀단 말이지? 공명이 그토록 꾀가 많으니 내가 불안해서 견딜 수 없구나."

이때 곁에 있던 노숙이 주유를 달랬습니다.

"지금 이러고 있을 때가 아닙니다. 조조와 싸우는 일부터 생각하십시오."

이 말에 주유도 고개를 끄덕였습니다.

"좋습니다. 동남풍이 불고 있으니 지금 당장 화공 작전을 시작하겠습니다."

마침내 주유는 장수들에게 명령을 내렸습니다.

"동남풍이 부니 오늘 밤 조조의 군사가 있는 적벽을 향해 떠난다. 모든 장수는 자기가 맡은 일을 명심하라."

한편, 유비는 제갈량이 돌아오자 죽은 사람이 살아온 것처럼 반겼습니다.

"공명 선생이 오기만을 기다리고 있었소이다. 안으로 드시지요."

유비의 막사 안에는 장수들이 모여 제갈량을 기다리고 있었습니다. 유비는 자리에 앉자마자 장수들에게 말했습니다.

"드디어 조조를 물리칠 때가 왔소. 이번 싸움에 우리의 앞날이 달려 있다는 걸 명심하기 바라오."

이번에는 제갈량이 나섰습니다.

"장수들은 들으시오. 지금 조조는 강릉성에서 나와 적벽에 머물고 있소. 나는 이번에도 불을 써서 조조를 물리칠 생각이오. 지금부터 내 말을 잘 듣고 한 치의 실수도 없도록 하시오."

제갈량은 먼저 조운을 보고 말했습니다.

"조운은 군사 삼천을 거느리고 적벽 건너편의 오림 숲으로 가시오. 그곳은 나무와 갈대가 무성하니 병사를 데리고 숨어 있다가 밤에 조조가 나타나면 불을 지르고 거침없이 공격하시오."

"분부대로 따르겠습니다."

조운이 우렁차게 대답하고 떠났습니다.

"장비는 군사 삼천을 이끌고 호로곡 골짜기로 가서 숨으시오. 조조가 도망치다가 그곳에서 밥을 지어 먹을 것이니, 밥 짓는 연기가 피어오르거든 불을 지르고 공격하시오."

장비가 절을 하고 물러나자 유기에게 말했습니다.

"공자께서는 강하성을 굳게 지키시다가 도망쳐 오는 조조 군사를 사로잡도록 하십시오."

유기도 인사를 하고 나갔습니다. 제갈량은 미축, 미방, 유봉을 불렀습니다.

"세 사람은 각자 배를 몰고 강을 돌아다니시오. 싸움에서 진 조조의 병사들이 눈에 띄면 사로잡고 군량과 무기를 빼앗으시오."

말을 마친 제갈량은 유비에게 말했습니다.

"이제 다 끝났습니다. 주공께서는 저와 함께 언덕 위로 올라가 오늘 밤 싸움을 구경하시지요."

유비가 미소를 지으며 고개를 끄덕였습니다. 그때 혼자 남아 있던 관우가 물었습니다.

"왜 저에게는 싸울 기회를 주지 않습니까? 저도 조조와 겨루게 해 주십시오."

"저 역시 보내고 싶습니다. 조조는 싸움에서 패하고 마

지막으로 화용도라는 길로 도망칠 것입니다. 관우 장군이
화용도에서 기다리면 조조를 사로잡을 수 있습니다."

"그런데요?"

"장군의 마음이 너무 좋아서 걱정입니다. 게다가 장군은
옛날 조조에게 도움을 받은 적이 있지요? 그러니 조조를
불쌍히 여겨 놓아주고 말 것입니다."

그러자 관우가 펄쩍 뛰며 말했습니다.

"조조에게 진 빚은 이미 다 갚았습니다. 반드시 조조를
사로잡아 오겠습니다."

"그 약속을 정말로 지킬 수 있겠소?"

"만약 약속을 어기면 어떤 벌이라도 달게 받겠습니다."

관우는 당장 붓을 들어 종이에다 자기가 한 약속을 적었
습니다.

"좋습니다. 화용도로 가서 연기를 피우며 조조를 기다리
시오. 그러면 조조가 반드시 그리로 올 것이오."

그러자 관우가 고개를 갸웃거렸습니다.

"연기를 피우라고요? 그러면 우리가 숨어 있는 줄 알고
도망치지 않을까요?"

"그렇지 않소. 조조가 속을 테니 두고 보시오."

제갈량은 그저 빙그레 웃기만 했습니다.

이 무렵 주유의 수군은 어둠 속에서 조용히 장강을 거슬러 올라가고 있었습니다. 조조의 수군이 있는 적벽에 가까워지자 주유는 가만히 황개를 찾았습니다.

황개는 주유의 지시로, 조조에게 편지를 보내 오늘 밤에 항복하러 간다고 이야기해 놓은 상태였습니다.

"오늘을 위해 얼마나 고생이 많았소?"

곤장을 맞고 피를 흘리던 황개의 모습이 주유의 눈앞을 스치고 지나갔습니다.

"오늘만을 기다렸습니다. 어서 명령을 내려 주십시오."

"황장군은 불을 붙일 배를 이끌고 가서 조조에게 항복하는 척하시오. 그리고 적의 배에 닿거든 한꺼번에 불을 붙이시오."

"알겠습니다."

황개의 지휘 아래 스무 척의 배가 어두운 강물 위로 쏜살같이 나아갔습니다. 배에는 마른 가지와 화약이 가득했습니다.

주유는 감녕과 태사자를 비롯한 여섯 장수를 불러 지시를 내렸습니다.

"여섯 장수는 육군을 이끌고 적벽 강변에 숨으시오. 조조가 육지로 도망치거든 공격하고, 군량도 모조리 불태우시오."

한편, 조조는 적벽에 머물고 있었습니다. 황개의 편지를 받은 조조는 황개의 배가 오기만을 기다렸습니다.

이때 한 장수가 조조에게 다가와 말했습니다.

"승상, 강 아래쪽에서 한 무리의 배가 이쪽으로 올라오고 있습니다."

조조는 뱃머리로 걸어갔습니다. 달빛을 받은 강물을 헤치고 한 떼의 배들이 다가오고 있었습니다. 조조가 자세히 살펴보더니 손뼉을 치며 좋아했습니다.

"용이 그려진 깃발이다. 황개로구나."

조조가 기뻐하는데 곁에 있던 정욱이 말했습니다.

"오늘 밤 동남풍이 부니 아무래도 수상합니다. 저 배들은 혹시 주유의 속임수가 아닐까요?"

그제야 조조는 퍼뜩 깨달았습니다. 조조는 황개의 배를 멈추게 했습니다.

"승상의 명령이다. 어서 배를 강가에 대라!"

그런데 말이 떨어지기가 무섭게 시위 소리와 함께 화살

이 날아들었습니다. 황개는 칼을 번쩍 치켜들며 소리쳤습니다.

"어서 배에 불을 붙여라!"

황개가 거느린 스무 척의 배에서 한꺼번에 불이 일어났습니다. 불길은 동남풍을 받고 거세게 타올랐습니다. 스무 척의 불붙은 배는 조조의 배로 돌진했습니다.

황개의 배들이 요란한 소리를 내며 조조의 배에 부딪쳤습니다. 그런데 배들은 서로 붙어서 쉽게 떨어지지 않았습니다. 황개의 배들은 뱃머리에 큰 쇠못을 잔뜩 박아 두었기 때문입니다.

거센 동남풍을 타고 불길이 배에서 배로 옮겨 붙었습니다. 불길은 조조의 배를 삼킬 듯이 달려들었습니다. 불꽃과 연기가 하늘을 뒤덮었습니다. 이때 주유의 배가 북을 울리며 도착했습니다.

"조조의 배를 포위하고 공격하라!"

주유가 뱃머리에 서서 힘차게 소리치자 강동의 배가 벌 떼처럼 조조의 배로 달려들었습니다. 조조의 배들은 서로 묶여 있어서 흩어질 수 없었습니다. 주유의 병사들은 불길 사이로 오가며 화살과 쇠뇌를 마구 쏘아 댔습니다.

"아이고, 사람 살려!"

조조의 군사는 화살에 맞고 창에 찔리고 불에 타 죽었습니다. 많은 병사들이 차가운 강물 속으로 빠지기도 했습니다. 조조는 불길 속에서 어쩔 줄 몰랐습니다.

장요가 조조를 작은 배에 태우고 진지로 도망쳤습니다. 그런데 이미 진지에서도 불길이 치솟고 있었습니다. 강동의 장수 감녕이 조조의 군량과 말에게 먹일 풀에 불을 질렀던 것입니다. 강동의 여러 장수들은 조조를 포위하고 달려들었습니다.

장요가 창을 휘두르며 포위를 뚫어서 조조는 겨우 목숨을 구했습니다.

한 장수가 다급한 목소리로 외쳤습니다.

"승상, 어서 저기 숲 속으로 피하십시오."

조조의 무리는 숲 속으로 난 작은 길로 들어가 달리고 또 달렸습니다. 그때 갑자기 한 떼의 군사가 앞을 가로막았습니다. 주유가 미리 숨겨 둔 병사들이었습니다. 조조는 장수들의 도움을 받아 겨우 북쪽으로 달아났습니다.

하룻밤 싸움으로 조조의 백만 대군은 완전히 패하고 말았습니다. 이것이 바로 적벽대전입니다. 적벽대전은 제갈량과 주유의 화공 작전이 거둔 승리였습니다.

조조는 달리는 말에 자꾸 채찍을 휘둘렀습니다. 뒤쫓는 함성이 멀어질 때까지 그저 앞만 보고 내달렸습니다.

조조는 함성이 멀어지자 비로소 말을 멈추었습니다. 어느새 새벽이었습니다. 조조가 숨을 가쁘게 몰아쉬며 보니 오림이라는 숲에 이르러 있었습니다. 오림은 나무가 빽빽하고 갈대가 무성했습니다. 조조는 이리저리 주위를 둘러보더니 갑자기 소리 내어 웃었습니다.

"승상께서는 어찌하여 웃으십니까?"

"주유와 제갈공명의 꾀가 모자라서 웃는 것이다. 어리석은 놈들! 나라면 바로 이런 곳에 군사를 숨겨 두겠다. 그러면 크게 이길 것 아니냐."

이 말이 미처 끝나기도 전에 북소리가 울리며 불길이 치솟았습니다.

"나는 상산의 호랑이 조자룡이다. 너희들을 기다린 지 오래다!"

조운이 우렁차게 소리치며 달려들었습니다. 조조의 병사들은 수없이 죽고, 도망치고, 항복했습니다. 조조는 불길과 연기 속을 헤치고 겨우 도망쳤습니다.

어느덧 날이 밝아 오기 시작했습니다. 그런데 하늘 가득 먹구름이 몰려오며 거센 비가 쏟아졌습니다. 조조는 빗속을 헤치고 정신없이 달렸습니다. 그러다 길이 두 갈래로 갈라지는 곳에 이르렀습니다. 한쪽은 곧고 넓은 길이었고, 다른 쪽은 좁고 험한 산길이었습니다.

조조는 더 빨리 남군성 쪽으로 가기 위해 좁고 험한 길을 선택했습니다. 그러다 호로곡이라는 골짜기에 이르렀습니다. 많은 병사들이 피로와 굶주림에 지쳐 있었습니다. 말도 지쳐서 픽픽 쓰러졌습니다.

조조는 가던 길을 멈추고 병사들에게 밥을 지어 먹게 했습니다. 병사들은 솥을 내걸고 밥을 지었습니다. 반찬이 없자 병사들은 쓰러진 말을 잡아 구워 먹었습니다.

배가 부른 병사들은 젖은 옷을 벗어서 나뭇가지와 바위 위에 널었습니다. 말들도 안장을 내려 주고 편히 쉬게 했습니다.

조조가 다시 크게 웃자, 장수들이 놀라서 물었습니다.

"이번에는 또 무엇 때문에 웃으십니까?"

"공명과 주유가 아무래도 꾀가 모자라는구나. 나라면 이런 곳에 군사를 숨겨 두겠다. 그럼 쉽게 이기지 않겠느냐?"

그때 갑자기 함성이 일어나더니 매캐한 연기와 함께 불길이 치솟았습니다. 조조는 갑옷도 제대로 입지 못한 채 말에 올랐습니다.

"조조야, 나는 장비다. 어디로 도망치느냐!"

어느새 장비가 나타나서 달려들었습니다.

장요와 서황이 나가서 장비와 싸웠습니다. 이 틈에 조조는 혼자서 도망쳤습니다. 그러자 장비와 싸우던 장수들도 조조를 따라 도망쳤습니다. 병사들 가운데는 벗어 놓은 갑옷을 다시 입지 못한 사람이 많았습니다. 게다가 안장도 없이 말을 타고 있었습니다.

조조와 병사들은 달리고 또 달려서 다시 두 갈래 길에 이르렀습니다. 한쪽은 넓고 평평한 큰길이었고, 다른 쪽은 좁고 험한 산길이었습니다. 좁은 길은 화용도라고 하는데, 몹시 험하고 웅덩이가 많았습니다. 조조가 한참 망설이다가 말했습니다.

"이번에도 좁은 산길로 가자. 적들이 두 번이나 좁은 길에 숨어 있지는 않겠지."

그때 한 장수가 손가락으로 숲 속을 가리키며 조조에게 말했습니다.

"승상, 저 멀리 숲 속에서 연기가 피어오르고 있습니다. 아무래도 저쪽 길에는 유비의 군사가 숨어 있는 것 같습니다."

조조가 보니 화용도 쪽 산기슭에서 연기가 솟아오르고 있었습니다. 조조는 코웃음을 치며 말했습니다.

"저건 적의 군사가 지키고 있는 것처럼 꾸며 우리를 다른 길로 유인하려는 속임수다. 틀림없이 군사가 지키고 있지 않을 것이다. 어서 가자."

이 말에 장수와 병사들이 화용도로 들어섰습니다.

이리저리 쫓기다 보니 조조의 부하들은 몹시 지쳐 있었습니다. 크게 다친 병사들도 많았습니다. 게다가 겨울비까지 맞아서 모두 부들부들 떨었습니다. 그런데 큰 고개를 앞두고 앞장선 병사들이 멈춰 섰습니다.

조조가 화를 내며 소리쳤습니다.

"왜 서둘러 나아가지 않느냐?"

"길에 물웅덩이가 많습니다. 말이 물웅덩이의 진흙탕에 빠져 나아가기 힘듭니다."

"그러면 어서 웅덩이를 메워라. 명령을 어기는 자에게는 벌을 내리겠다."

병사들은 말에서 내려 나무를 베고 돌과 흙을 날라 웅덩이를 메웠습니다. 그러나 굶주리고 지쳐서 땅에 고꾸라지는 병사가 많았습니다. 조조는 칼을 휘두르며 병사들을 재촉했습니다. 좁고 험한 길은 울부짖는 소리로 가득했습니다.

조조를 뒤따르는 병사는 이제 삼백 명도 되지 않았습니다. 더군다나 병사들은 무기도 없는 빈손이었습니다. 웅덩이를 메우느라 무기마저 버린 것입니다.

하지만 고개를 넘어서니 길이 반듯해져서 걷기가 한결 수월했습니다. 조조와 병사들은 마지막 있는 힘을 다해서 길을 걸었습니다. 그때 조조가 또 껄껄 웃었습니다.

"승상께서는 왜 또 그렇게 웃으십니까?"

이번에는 장수들이 불만 가득한 목소리로 물었습니다.

조조가 웃으며 대답했습니다.

"내가 공명이었다면 바로 이곳에 군사를 숨겨 두겠다. 그랬다면 우리는 꼼짝없이 사로잡혔을 게 아니냐?"

그런데 그때 산을 쩌렁쩌렁 울리는 고함이 터져 나왔습니다.

"꼼짝 마라! 내가 너희들을 사로잡으러 왔다."

숲에서 병사들이 튀어나와 길을 가로막았습니다. 병사들을 거느린 장수는 적토마를 타고 청룡도를 든 관우였습니다.

조조는 관우를 보고 깜짝 놀라서 말의 목을 껴안고 벌벌 떨었습니다. 조조의 부하들은 이제 싸울 마음이 조금도 없어 모두들 주저앉고 말았습니다.

정욱이 조조에게 속삭이듯 말했습니다.

"관우는 마음씨가 좋은 사람입니다. 옛날에 승상께서 관우를 도와준 적이 있으니 한 번만 살려 달라고 하십시오."

조조는 가만히 고개를 끄덕였습니다. 조조는 앞으로 나가 관우에게 허리를 숙여 절을 올렸습니다. 천하의 조조가 관우 앞에 머리를 조아린 것입니다. 그러자 관우도 허리를 숙였습니다.

"승상을 사로잡으러 왔으니 어서 항복하시오."

"옛일을 생각하여 부디 한 번만 살려 주십시오."

조조의 말씨는 너무나 공손했습니다. 그러나 관우는 머리를 설레설레 흔들었습니다.

"승상께 진 빚은 이미 다 갚았소. 오늘 우리는 서로 적이오. 나는 승상을 사로잡아 형님께 끌고 가야 하오."

"장군은 하북의 유황숙에게 갈 때 우리 장수 여섯을 죽인 일이 있지요? 그래도 나는 장군을 살려 보내지 않았습니까?"

조조가 간곡하게 부탁하자 관우는 마음이 약해졌습니다. 게다가 거지꼴을 한 조조의 무리가 불쌍해 보였습니다. 관우는 그만 제갈량과 한 약속을 잊고 말았습니다.

"조조에게 길을 터 주어라."

관우의 병사들이 길을 비켜 주자 조조의 무리는 정신없이 달아났습니다.

조조가 가까스로 화용도를 벗어났을 때, 조조를 따르는 부하는 겨우 스물일곱 명밖에 되지 않았습니다.

"내가 이게 무슨 꼴이냐. 부끄럽고도 부끄럽구나!"

부하들은 입을 다물고 소리 없이 눈물을 흘렸습니다.

관우는 조조를 살려 보내고 유비에게 돌아갔습니다. 관우가 돌아오자 제갈량이 반기며 물었습니다.

"장군이 조조를 없애고 왔으니 가장 큰 공을 세웠구려."

관우는 부끄러워서 어쩔 줄을 몰랐습니다. 관우는 제갈량 앞에 무릎을 꿇고 머리를 조아렸습니다.

"제가 조조를 살려 보냈으니 어서 벌을 내려 주십시오."

이 말을 듣고 제갈량이 버럭 소리를 질렀습니다.

"여봐라, 이 죄인을 당장 끌어내 목을 치도록 해라!"

곁에 있던 유비가 깜짝 놀라는 척하며 제갈량의 옷소매를 붙들었습니다.

"공명, 부디 너그럽게 용서해 주십시오. 관우는 같이 살고 같이 죽기로 약속한 저의 형제입니다. 이번만 용서하여 다음에 더 큰 공을 세우게 해 주십시오."

"주공께서 부탁하시니 이번만은 용서하겠습니다."

유비가 간곡히 부탁하자 제갈량은 마지못해 고개를 끄덕였습니다.

그전에 별자리로 점을 쳐 본 제갈량은 조조가 아직 죽을 목숨이 아니라는 것을 알고 있었습니다. 다른 장수를 화용도에 보내도 조조를 없애지 못한다고 생각한 제갈량은 유비와 의논해 오히려 관우가 조조에게 큰 아량을 베풀 기회를 주었던 것입니다.

이 사실을 모르는 관우는 자기가 지은 큰 죄를 공을 세워 갚겠다고 다짐했습니다.

되찾은 형주

조조의 백만 대군을 물리친 적벽대전은 제갈량과 주유가 함께 이룬 승리였습니다. 하지만 가장 큰 승리를 거둔 사람은 바로 유비였습니다. 유비는 군사도 별로 없는데 오로지 제갈량의 머리 하나로 큰 승리를 거둔 것입니다.

그러나 아직도 형주는 조조의 땅이었습니다. 유비가 조조를 물리치기는 했지만 마음 놓고 발 디딜 땅이 없었습니다. 유비는 제갈량과 더불어 앞일을 의논했습니다.

"형주는 우리 땅이니 반드시 되찾아야 합니다. 그곳에서 힘을 길러야만 큰 뜻을 펼칠 수 있습니다."

"그럼 어떻게 해야 형주를 되찾을 수 있겠습니까?"

"제가 다시 한번 주유의 힘을 빌려 보겠습니다."

"주유가 우리를 또다시 도와줄 까닭이 없지 않습니까?"

"제게 생각이 있습니다. 우리는 가만히 앉아서 형주를 되찾을 수 있습니다. 먼저 남군성과 가까운 유강구로 군사를 옮기십시오."

제갈량이 자신 있는 목소리로 말하자 유비도 고개를 끄덕였습니다.

한편, 강동의 주유도 남군성을 차지하려고 했습니다.

'조조를 물리쳤으니 형주 땅은 마땅히 우리 것이야.'

주유는 군사를 이끌고 남군으로 떠났습니다. 남군성에서 가까운 강변에 진지를 세운 주유는 유비가 유강구에 있다는 소식을 듣고 깜짝 놀랐습니다.

"유비가 남군을 차지하려고 하는구나. 유비에게 남군을 빼앗길 수야 없지."

주유는 서둘러 남군성으로 쳐들어갔습니다. 남군성은 조조가 아끼는 조인이 지키고 있었습니다.

"승상의 말씀대로 주유가 쳐들어왔구나."

조인은 성문을 굳게 닫고 싸우려고 하지 않았습니다. 주유가 날마다 싸움을 걸었지만 조인은 상대조차 하지 않았습니다. 그러자 감녕이 주유에게 말했습니다.

"근처에 조홍이 지키는 이릉성이 있습니다. 제가 그곳을 먼저 빼앗겠습니다."

"조인을 이릉성으로 꾀어내자는 말이지요? 참으로 좋은 생각이오."

감녕은 용감하게 싸워서 이릉성을 빼앗았습니다. 조인은 조홍을 돕기 위해 군사를 보냈는데도 이릉성을 빼앗기자 근심에 사로잡혔습니다.

조인이 한숨을 내쉬는데 한 장수가 말했습니다.

"장군은 승상께서 남긴 봉투를 잊으셨습니까?"

조인은 그제야 조조가 허도로 떠날 때 준 봉투가 생각났습니다. 서둘러 봉투를 뜯어 읽더니 손뼉을 치며 기뻐했습니다.

"역시 승상이시다. 이제 주유는 내 손에 죽었다!"

이튿날 새벽, 조인은 진교라는 부하에게 귓속말로 뭔가 명령을 내렸습니다. 그리고 병사들과 함께 허리에 커다란 보따리를 차고 성을 나섰습니다. 성 밖에 있던 주유가 이 모습을 보았습니다.

'조인이 겁이 나서 보따리를 싸서 도망치는구나.'

주유는 급히 장수들을 불러 뒤쫓으라고 했습니다. 주유의 병사들이 우르르 달려들자 조인의 병사들은 뿔뿔이 흩어졌습니다. 주유는 징을 쳐서 병사들을 불렀습니다.

"더 이상 뒤쫓지 마라. 남군성이 비었으니 어서 가자."

주유는 성문으로 말을 달렸습니다. 성문은 활짝 열려 있었고 성안에는 아무도 보이지 않았습니다.

"하하하, 쥐새끼 한 마리 남지 않고 도망쳤구나."

주유가 크게 웃으며 막 성문을 들어설 때였습니다. 성안에서 갑자기 북소리가 울리며 화살이 쏟아졌습니다. 조인이 부하 진교와 군사들을 숨겨 두었던 것입니다.

주유의 병사들이 화살을 맞고 쓰러지고, 주유도 옆구리를 쥐며 말에서 떨어졌습니다. 왼쪽 옆구리에 화살이 박힌 것입니다.

"주유야, 꼼짝 마라!"

조인의 병사들이 고함을 지르며 달려 나왔습니다. 도망쳤던 조인의 병사들도 어느새 다시 나타났습니다. 주유의 병사들은 가까스로 주유를 구해 진지로 도망쳤습니다.

"으으으……."

진지로 돌아온 주유는 이를 악물며 신음 소리를 냈습니다. 의원이 주유의 어깨를 눌렀습니다.

"조금만 참으십시오. 화살촉을 뽑아야 합니다."

의원은 숯불에 벌겋게 달군 쇠집게를 들더니, 주유의 옆구리에 박힌 화살촉을 집어 확 잡아당겼습니다. 주유의 비명과 함께 화살촉이 쑤욱 뽑혀 나왔습니다.

"화살 끝에 독약이 묻어 있었습니다. 상처가 아물 때까지는 마음을 편안하게 해야 합니다. 만일 화를 내시면 상처가 터져서 아주 위험합니다."

의원은 몇 번이나 당부하고 돌아갔습니다. 주유는 막사에 누워서 쉴 수밖에 없었습니다. 그런데 조인이 와서 싸움을 걸었습니다.

"겁쟁이 주유야, 어서 나와 겨루자!"

조인은 주유가 크게 다친 것을 알고 일부러 더 약을 올렸습니다. 주유는 자리에 누워 이를 악물고 화를 삼켰습니다. 하지만 조인이 계속 싸움을 걸어오자 주유는 상처가 다 아물지 않았는데도 자리를 박차고 일어났습니다.

"장수가 전쟁터에서 싸우다 죽는다면 그보다 더 영광스러운 일이 어디 있겠는가."

주유가 갑옷을 입고 말에 오르자 장수들이 말렸습니다.

"제발 화를 참으십시오. 상처가 터지면 큰일 납니다."

하지만 주유는 곧장 달려 나갔습니다. 조인은 주유를 보더니 슬금슬금 물러나며 바짝 약을 올렸습니다.

"겁쟁이야, 어디 갔다 이제야 나오느냐. 어서 덤벼라."

주유는 화를 참지 못하고 온몸을 부르르 떨었습니다. 장수들이 달려들어 주유를 데리고 진지로 돌아왔습니다. 아랫사람 정보가 근심스레 말했습니다.

"대도독의 두 어깨에 강동의 앞날이 달려 있습니다."

그러자 주유가 나직이 말했습니다.

"속임수를 쓰느라 그런 것이오. 이제 내가 죽었다고 소문을 내시오. 그러면 오늘 밤 조인이 쳐들어올 것이오. 그때 군사를 숨겨 두었다가 사로잡도록 합시다."

정보는 빙그레 웃으며 머리를 끄덕였습니다. 밖으로 나온 정보가 병사들을 보며 구슬프게 말했습니다.

"대도독께서 상처가 터져서 돌아가셨다."

이 말에 병사들이 소리 내어 울었습니다. 조인도 곧 이 소식을 들었습니다.

"주유가 죽었으니 오늘 밤 주유의 진지를 공격하자."

조인은 밤이 깊어지자 군사를 이끌고 성문을 나섰습니다. 그러나 주유의 진지는 텅 비어 있었습니다.

"이런, 우리가 속았구나!"

조인이 놀라서 말을 돌리는데 숨어 있던 강동의 병사들이 들이닥쳤습니다. 조인의 군사는 패하고 뿔뿔이 흩어졌습니다.

조인은 겨우 십여 명의 병사를 이끌고 남군성으로 도망쳤습니다. 그러나 주유의 군사가 길을 모조리 가로막고 있었습니다. 조인은 서둘러 다른 곳으로 달아났습니다.

조인을 물리친 주유는 군사를 모아 남군성으로 향했습니다.

"남군성이 비어 있으니 어서 들어가자."

그런데 주유가 남군성에 도착하니 성문이 굳게 닫혀 있었습니다. 성문 위에는 웬 낯선 깃발이 휘날리고 있었습니다. 성문 위로 한 장수가 나타났습니다.

"대도독은 부디 용서하시오. 내가 먼저 성을 차지했소."

"너는 누구냐?"

"나는 조자룡이오. 공명의 명령을 받고 왔소."

주유는 화가 머리끝까지 치솟았습니다.

"공명에게 감쪽같이 속았구나. 어서 성을 공격하라!"

그러나 성 위에서 화살이 비 오듯 쏟아졌습니다. 주유는 할 수 없이 군사를 이끌고 물러났습니다.

"공명이 나를 속이다니……. 이대로 있을 수야 없지."

주유는 부하 감녕과 능통에게 말했습니다.

"감녕은 어서 군사를 거느리고 가서 강릉성을 빼앗고, 능통은 양양성을 빼앗아라."

두 장수가 막 떠나려는데 한 병사가 달려왔습니다.

"대도독님, 큰일 났습니다. 강릉성은 장비가 차지했고, 양양성은 관우가 차지해 버렸습니다."

"뭐야? 도대체 어떻게 된 일이냐?"

제갈량은 조인과 주유가 싸우는 틈에 조운을 시켜 남군성을 차지하게 했습니다. 그런 다음 병사 한 사람을 조인의 심부름꾼으로 변장시켰습니다. 가짜 심부름꾼은 강릉성과 양양성으로 가서 똑같이 말했습니다.

"조인 장군이 남군성에서 도움을 청하십니다."

그래서 강릉성과 양양성에 있던 조조의 군사는 모조리 남군성으로 떠났습니다. 그 사이 장비가 강릉성을 차지하고, 관우가 양양성을 차지한 것입니다.

주유는 화를 참지 못하고 이를 갈며 부들부들 떨었습니다. 그러다 비명을 지르며 쓰러졌습니다. 너무 화를 낸 나머지 옆구리의 상처가 터지고 만 것입니다.

유비는 제갈량과 함께 강릉성으로 들어갔습니다.

"지금부터 이곳을 형주의 도읍으로 삼아야겠소."

유비가 기뻐하며 말했습니다.

강릉성은 장강을 끼고 있어 교통이 편리하고 물자가 풍부했습니다. 이때부터 강릉성을 형주성이라 부르기 시작했습니다.

유비는 형주성에서 승리를 축하하는 잔치를 열었습니다. 유기를 비롯한 모든 장수들이 잔치에 모였습니다.

"모두가 공명 선생의 말씀대로 되었구려."

유비가 제갈량을 칭찬하자 제갈량은 빙그레 미소를 지었습니다. 이때 한 병사가 달려와 유비에게 말했습니다.

"밖에 강동의 노숙 선생이 와 계십니다."

그러자 제갈량이 먼저 자리에서 일어났습니다.

"우리가 형주를 차지한 것을 따지러 왔군요."

제갈량은 노숙을 데리고 자기 집으로 갔습니다. 노숙은 자리에 앉기 무섭게 입을 열었습니다.

"우리는 목숨을 걸고 조조의 백만 대군을 무찔렀습니다. 그런데 유황숙은 우리를 속이고 형주 땅을 가로챘어요. 형주 땅은 마땅히 우리가 차지해야 합니다."

노숙의 말에 제갈량은 큰 소리로 웃었습니다.

"왜 웃는 겁니까?"

"선생의 말씀이 우스워서 그럽니다. 옛말에도, 물건은 반드시 바른 임자에게 돌아가야 한다고 했습니다. 형주 땅은 본래 유표 장군의 땅입니다."

"유표 장군은 이미 죽지 않았습니까?"

"하지만 그의 아들 유기가 살아 있지요. 우리는 유기 공자를 도와서 형주 땅을 되찾은 것입니다."

"믿을 수 없어요. 유기 공자 핑계를 대지 마십시오."

그러자 제갈량이 밖을 향해 소리쳤습니다.

"여봐라, 어서 유기 공자를 모시고 오너라."

얼마 뒤 하인 두 사람이 유기를 부축하고 들어왔습니다. 유기의 모습은 한눈에 보아도 병든 사람처럼 보였습니다.

유기는 노숙에게 말했습니다.

"유황숙께서 저를 도와 형주를 되찾아 주셨습니다."

유기가 이렇게 말하자 노숙은 입을 다물고 말았습니다.

"저는 몸이 아프니 그만 돌아가겠습니다."

유기는 하인의 부축을 받으며 밖으로 나갔습니다.

'유기가 오래 살기는 힘들겠군.'

노숙은 유기가 나가자 제갈량을 보고 말했습니다.

"공명 선생의 말을 믿겠습니다. 그럼 유기 공자가 세상을 떠나면 형주 땅을 돌려주십시오."

제갈량은 주유와 싸우고 싶지 않아 그러겠다고 대답했습니다. 그제야 노숙은 마음을 놓고 강동으로 돌아갔습니다.

노숙이 돌아가자 이적이 유비에게 마량을 데리고 왔습니다. 학식이 뛰어난 마량을 이적이 유비에게 추천한 것입니다.

이적은 원래 형주 태수 유표 아래에 있던 선비였습니다. 옛날 채모가 유비를 죽이려고 했을 때 이 사실을 유비에게 미리 알려 주기도 했습니다. 지금은 유비 아래에서 일하고 있습니다.

유비가 정중하게 마량을 맞이했습니다. 마량은 눈썹이 눈처럼 새하얗고 길어 '백미' 선생이라고 불렸습니다. 마량의 다섯 형제 가운데 눈썹이 흰 마량이 학식이 가장 뛰어났습니다. 그래서 가장 뛰어난 사람이나 으뜸이 되는 것을 가리키는 '백미'라는 말도 생겨났습니다.

유비가 마량에게 공손하게 물었습니다.

"어떻게 해야 형주를 지키고 힘을 기를 수 있습니까?"

마량은 잠시 생각하다가 흰 눈썹을 꿈틀거리며 말했습니다.

"장강의 남쪽에는 땅이 넓고 기름진 네 고을이 있습니다. 그 네 고을을 차지하고 군사와 군량을 모으십시오."

"네 고을이 어디어디입니까?"

"무릉, 장사, 계양 그리고 영릉입니다."

"네 고을 가운데 어느 고을부터 차지해야 할까요?"

"먼저 영릉을 얻으십시오. 다음에는 무릉, 계양, 장사 순으로 차지하십시오."

마량은 막힘없이 술술 대답했습니다.

유비는 몹시 기뻤습니다.

"백미 선생이 제 곁에서 도와주시면 좋겠습니다."

유비는 마량에게 '종사'라는 벼슬을 주었습니다.

이튿날, 유비는 두 아우와 조운을 불렀습니다.

"나는 공명과 함께 남쪽의 네 고을을 차지하러 간다. 관우는 형주성을 지키고, 장비와 조운은 앞장서라."

유비는 장비와 조운을 앞세워 일만 오천의 군사를 이끌고 영릉으로 떠났습니다.

영릉을 다스리는 유도는 유비가 쳐들어온다는 소식을 듣고 아들 유현을 불렀습니다.

"아버님, 너무 염려 마세요! 제가 모조리 사로잡고 말겠습니다."

유현은 자신 있게 대답하고 성 밖에 진지를 세웠습니다.

"공명은 꾀가 많아. 그러니 우리는 숨어서 기다리자."

유현은 진지에 깃발만 잔뜩 꽂아 놓고 군사를 밖에 숨겨 두었습니다. 밤이 깊어지자 유비의 병사들이 마른 풀단을 들고 와서 불을 지르고 도망쳤습니다.

"어서 뒤쫓아라!"

유현은 숨겨 둔 군사를 이끌고 뒤쫓았습니다. 그러나 십 리쯤 달리니 유비의 병사들이 어디로 갔는지 보이지 않았습니다.

"이놈들이 하늘로 솟았나, 땅으로 꺼졌나?"

유현이 중얼거리는데 갑자기 조운이 군사를 이끌고 앞에 나타났습니다.

"네가 상산의 호랑이를 아느냐?"

조운이 창을 휘두르자 유현의 부하들이 땅에 굴렀습니다. 유현이 놀라서 달아나는데 어느새 장비가 바람처럼 나타났습니다. 장비는 한 팔로 덥석 유현을 사로잡아 버렸습니다.

유현이 사로잡히자 유도는 성문을 열고 항복했습니다. 유비는 유도를 다시 영릉 태수로 삼았습니다. 영릉의 백성들은 너도나도 유비를 칭송했습니다.

유비는 영릉성을 차지하고 장수들을 보며 물었습니다.

"이제 누가 계양을 항복시키겠소?"

조운과 장비가 동시에 벌떡 일어나 서로 자기가 가겠다고 우겼습니다.

"조운은 계양으로, 장비는 무릉으로 가도록 하게."

조운과 장비는 군사를 거느리고 떠났습니다. 그리고 단 한 번의 싸움으로 서로 고을을 차지했습니다. 유비는 계양과 무릉의 옛 관리들에게 그대로 벼슬을 주었습니다.

그런데 갑자기 형주성을 지키고 있던 관우가 달려왔습니다.

"저도 가만히 있을 수 없습니다. 장사는 저에게 맡기어 주십시오."

제갈량이 걱정스런 표정으로 말했습니다.

"장사에는 황충이라는 장수가 있소. 나이가 예순에 가깝지만 아주 용맹하니 관우 장군께서는 군사를 많이 데리고 가야 합니다."

"그까짓 늙은이야 한칼에 쓰러뜨릴 수 있습니다."

관우는 겨우 오백 명의 병사를 거느리고 떠났습니다.

장사는 한현이라는 사람이 다스리고 있었습니다. 한현은 성미가 급해서 아랫사람을 함부로 벌주곤 했습니다. 그래서 한현을 미워하는 부하들이 많았습니다.

한현은 관우가 쳐들어오자 황충을 불렀습니다. 황충은 머리가 새하얀 노인이었지만 얼굴에는 자신감이 넘쳤습니다. 황충이 커다란 활을 들어 올리며 말했습니다.

"이 활만 있으면 천하의 관우라도 두렵지 않습니다."

활이 어찌나 크고 무거운지 보통 사람은 들기도 어려웠습니다.

마침내 관우가 장사성에 이르렀습니다. 이에 맞서 황충이 군사를 이끌고 나왔습니다.

관우와 황충은 칼을 휘두르며 맞붙어 싸웠습니다. 그러나 백여 차례를 겨루어도 승부가 나지 않았습니다. 두 장수는 날이 저물어서야 싸움에서 물러났습니다.

"저렇게 무예가 뛰어난 장수는 처음이야. 내일은 속임수를 써야겠다."

이튿날, 관우는 다시 싸움을 걸었습니다. 황충이 기다렸다는 듯이 달려 나왔습니다. 두 장수는 수십 차례나 맞붙어 싸웠지만 또 승부가 나지 않았습니다. 그러자 관우가 도망치기 시작했습니다.

"관우야, 어디로 도망치느냐!"

황충이 관우를 바싹 뒤쫓았습니다. 관우가 도망치다가 재빨리 몸을 돌렸습니다. 관우는 칼을 들어 황충을 내리치려고 했습니다. 바로 그때 쿵 소리와 함께 황충이 땅으로 떨어졌습니다. 황충의 말이 그만 돌부리에 걸려 넘어진 것입니다. 관우는 내리치려던 청룡도를 거두었습니다.

'비겁하게 쓰러진 사람을 벨 수야 없지.'

이렇게 생각한 관우는 황충에게 소리쳤습니다.

"황충아, 말을 갈아타고 와서 다시 싸우자!"

황충이 성에 돌아오자 한현이 물었습니다.

"장군처럼 활을 잘 쏘는 사람이 왜 활을 쏘지 않았소?"

"내일은 반드시 활을 쏘아 관우를 죽이겠습니다."

황충은 이렇게 대답했지만 속으로는 관우가 무척 고마웠습니다.

　'관우는 참으로 어진 사람이야. 어떻게 그런 사람을 쏜단 말이냐.'

　황충은 그날 밤 이런저런 생각으로 잠을 이루지 못했습니다.

　이튿날, 다시 관우가 싸움을 걸어왔습니다. 이번에는 황충이 도망쳤습니다. 관우는 말을 달려 뒤쫓았습니다. 도망치던 황충은 성문 앞에 이르러 관우에게 화살을 쏘았습니다. 관우의 투구가 화살에 맞아 하늘로 날아올랐습니다.

　관우는 간담이 서늘했습니다.

　"귀신 같은 솜씨다. 그런데 왜 내 목을 쏘지 않았지?"

　황충은 백 걸음 밖에서도 활을 쏘아 나뭇가지에 붙은 잎사귀를 맞히는 사람입니다. 하지만 관우를 죽이지 않으려고 일부러 투구 끝을 쏜 것입니다. 관우는 그제야 황충이 자기를 살려 주었다는 걸 알았습니다.

　'황충이야말로 은혜를 아는 사람이구나.'

　황충은 관우가 물러가자 성안으로 들어갔습니다. 그러자 한현이 버럭 소리를 질렀습니다.

"당장 황충 저놈을 묶어라!"

"저는 아무 죄도 없습니다. 왜 이러십니까?"

"내가 다 봤다. 어제는 관우가 너를 살려 주고, 오늘은 네가 관우를 살려 주었지? 너희 두 놈이 서로 짠 것을 내가 모를 줄 알았느냐?"

"잘못 보신 겁니다."

"닥쳐라! 저놈을 당장 끌어내 목을 베라!"

한현은 얼굴이 벌겋게 되어 소리쳤습니다. 병사들이 황충을 끌어내려고 할 때였습니다.

"멈추어라!"

갑자기 덩치가 곰처럼 커다란 장수가 칼을 휘두르며 나타났습니다. 위연이라는 장수였습니다. 위연은 예전부터 마음속으로 유비를 따르고 있었습니다.

"황충 장군은 훌륭한 분이다. 한현이야말로 백성을 괴롭히고 사람을 함부로 죽이는 자다. 우리는 한현을 죽이고 황충 장군을 살려야 한다."

이 말에 병사들이 위연을 따라 한현을 붙잡았습니다. 그러자 황충이 위연을 말렸습니다.

"자기가 섬기던 사람을 함부로 죽이면 안 되오."

그러나 위연은 한현을 한칼에 베어 버렸습니다. 위연은 병사들과 함께 관우에게 항복했습니다.

관우는 기뻐하며 성안으로 들어갔습니다. 관우는 황충부터 찾아갔으나 황충은 몸이 아프다며 만나 주지 않았습니다.

얼마 뒤 유비와 제갈량이 장사성으로 왔습니다. 관우가 그동안 일어난 일을 이야기했습니다.

"황충은 정말 훌륭한 사람이구나. 반드시 우리 편으로 만들어야겠다."

유비는 황충을 찾아가 달랬습니다. 황충은 그제야 유비를 따르기로 했습니다.

"장군 같은 훌륭한 사람을 얻으니 너무나 기쁩니다."

유비는 황충의 손을 잡으며 기뻐했습니다.

조금 뒤에 관우가 위연을 데리고 왔습니다. 그런데 제갈량이 위연을 보더니 당장 내쫓으라며 소리를 질렀습니다.

"왜 이러십니까? 위연은 한현을 베고 황충을 살린 사람입니다."

관우가 놀라서 물었습니다.

"주인을 해쳤으니 언젠가는 또 주인을 배신할 것이오."

"위연은 용맹한 장수입니다. 부디 너그럽게 용서해 주십시오."

관우가 빌자 제갈량이 위연에게 물었습니다.

"앞으로는 오로지 우리 주공만을 믿고 따르겠느냐?"

"예, 황숙을 위해 목숨을 바치겠습니다."

위연이 머리를 조아렸지만 제갈량의 표정은 여전히 어두웠습니다.

'위연은 용맹하지만 언젠가 주인을 배반할 사람이야. 조심해야겠어.'

제갈량은 마음의 긴장을 늦추지 않았습니다.

이제 형주와 장강 남쪽의 넓은 땅을 유비가 다스리게 되었습니다. 훌륭한 인재와 용감한 장수도 새로 얻었습니다. 유비는 승리를 거두고 형주성으로 돌아갔습니다. 넓은 땅과 많은 군사를 거느린 유비의 힘은 날로 커져 갔습니다.

꾀로 꾀를 이기다

유비가 힘을 키우는 동안 유기는 병을 치료하다 세상을 떠났습니다. 유기가 죽었다는 소식을 들은 유비는 몹시 슬퍼했습니다.

유비는 관우를 양양성으로 보내 유기 대신 성을 지키게 하고, 제갈량을 불러 앞일을 의논했습니다.

"공명, 유기가 죽었으니 강동에서 형주를 달라고 하지 않겠소?"

"그 일은 제게 맡기십시오."

제갈량은 태연하게 대답했습니다.

며칠 뒤, 강동에서 노숙이 찾아와 유비에게 말했습니다.

"유황숙, 이제 약속한 대로 형주 땅을 우리에게 돌려주십시오."

그때 제갈량이 노숙을 보고 버럭 소리쳤습니다.

"그게 무슨 말씀이오? 우리 주공께서는 돌아가신 유기 공자의 아저씨가 됩니다. 마땅히 주공께서 형주 땅을 다스려야 합니다."

"그래도 적벽에서 조조의 대군을 무찌른 건 우립니다."

"제가 동남풍을 불러오지 않았다면 어찌 이길 수 있었겠습니까?"

제갈량이 꾸짖듯이 말하자 노숙은 크게 당황했습니다.

"제가 빈손으로 돌아가면 손권 장군이 몹시 나무랄 것입니다."

"우리는 곧 서쪽의 익주 땅으로 떠날 것입니다. 그곳을 얻으면 형주 땅을 돌려 드리지요."

제갈량이 자신 있게 말하자 노숙은 더이상 따지지 못하고 고개를 끄덕였습니다.

"좋습니다. 그러면 그 약속을 글로 써 주십시오."

제갈량은 약속을 글로 썼습니다. 그리고 유비가 글 아래 이름을 썼습니다. 노숙도 자기 이름을 썼습니다.

"황숙과 공명 선생이 약속을 꼭 지키리라 믿고 돌아가겠습니다."

노숙은 글을 건네받고 서둘러 강동으로 돌아갔습니다. 노숙은 주유에게 제갈량의 글을 내보였습니다. 그런데 글을 읽은 주유가 종이를 책상 위로 내던졌습니다.

"이런, 선생이 공명에게 속았습니다. 유비가 익주를 빼앗지 못하면 어쩌겠소? 형주 땅을 십 년이고 이십 년이고 돌려주지 않을 것 아닙니까?"

노숙이 어쩔 줄 몰라 하며 주유에게 물었습니다.

"대체 이 일을 어쩌면 좋소?"

"무슨 수를 써서라도 형주 땅을 빼앗고 말겠습니다."

주유가 몹시 분한 표정으로 대꾸했습니다.

며칠 뒤, 한 병사가 주유에게 달려와 놀라운 소식을 전했습니다.

"유황숙의 감부인이 병으로 세상을 떠났다고 합니다."

주유는 이 말을 듣고 무릎을 치며 좋아했습니다. 서둘러 노숙을 불렀습니다.

"싸우지 않고도 형주 땅을 빼앗을 방법이 있습니다."

노숙이 의아해하자 주유가 말했습니다.

"이제 유비에게는 부인이 없어요. 그러니 결혼을 시켜 준다는 핑계로 유비를 강동으로 부르는 거지요. 그런 다음 유비를 붙잡아서 형주 땅과 맞바꾸는 겁니다."

"그런데 유황숙을 누구와 결혼시킵니까?"

"손권 장군에게는 누이동생이 한 분 있지 않소?"

손권의 누이는 열여덟 살인데 무척 아름다웠습니다. 게 다가 칼을 잘 다루고 말도 잘 타 어머니와 오빠에게 많은 사랑을 받았습니다.

노숙이 물었습니다.

"손권 장군께서 누이를 무척 아끼는데 허락하실까요?"

"그냥 속임수만 쓰는 겁니다. 제가 편지를 써 드리지요."

주유는 편지를 써서 노숙에게 주었습니다. 노숙은 배를 타고 손권이 있는 남서로 떠났습니다.

손권은 편지를 보고 크게 기뻐했습니다.

"주도독의 꾀는 당할 사람이 없구려. 어서 유비에게 사 람을 보내야겠소."

손권은 말 잘하기로 소문난 여범을 불렀습니다.

"그대는 결혼을 핑계로 유비를 강동으로 데려오시오. 모 든 게 그대의 혀끝에 달렸으니 실수가 없도록 하시오."

"그런 일에 어찌 실수가 있겠습니까?"

여범이 우렁차게 대답하고 형주로 떠났습니다.

유비는 감부인이 세상을 떠나자 오랫동안 슬픔에 잠겨서 지냈습니다. 장판파 싸움에서 미부인을 잃고, 이제 감부인마저 병으로 잃은 것입니다. 제갈량이 곁에서 유비를 위로했습니다. 이때 강동에서 여범이 도착했습니다.

"주공께서는 여범과 말씀을 나누십시오. 제가 몰래 엿듣겠습니다."

제갈량은 여범이 방으로 들어오기 전에 병풍 뒤로 몸을 숨겼습니다. 유비는 여범을 불러 인사를 나누었습니다.

"멀리서 오느라고 고생 많았소."

"부인을 잃고 얼마나 슬프십니까? 마침 강동에 황숙의 새 부인이 될 만한 분이 있어서 찾아왔습니다."

"감부인이 세상을 떠난 지 얼마나 되었다고 그러시오?"

유비가 손을 내저었지만 여범은 물러서지 않았습니다.

"우리 손권 장군께는 누이 한 분이 있습니다. 황숙께서 손장군의 누이와 결혼하면 형주와 강동은 한 가족이 됩니다. 지금 손권 장군께서는 황숙께서 오시기만을 기다리고 계십니다."

“잘 알았소. 좀 더 생각해 보고 내일 대답해 주겠소.”

유비가 여범을 보내자 제갈량이 병풍 뒤에서 나와 웃으며 말했습니다.

“주공께서는 어서 새로운 부인을 맞이하십시오.”

“혹시 속임수가 아닐까요?”

“제게 생각이 있으니 아무 염려 마십시오. 저는 주공께서 좋은 부인을 맞게 되어 너무나 기쁩니다.”

그래도 유비가 마음을 놓지 않자 제갈량이 웃으며 말했습니다.

“걱정이 되면 조운을 데리고 가십시오. 조운이 있으면 아무도 주공을 해치지 못할 것입니다.”

그제야 유비는 고개를 끄덕였습니다.

이튿날, 유비는 여범을 불러 결혼을 승낙했습니다. 가을이 깊어 갈 무렵 유비는 강동으로 떠났습니다.

제갈량은 남몰래 조운을 불러 비단 주머니 세 개를 내밀었습니다.

“주공을 잘 모셔야 하오. 여기 비단 주머니 세 개를 줄 테니 잘 간직하시오.”

비단 주머니에는 차례대로 번호가 씌어 있었습니다.

"주공께서 남서에 이르거든 첫 번째 주머니를 열어 보시오. 그리고 두 번째 주머니는 새해가 오기 전에, 마지막 주머니는 목숨이 위태로울 때 열어 보시오."

"명심하겠습니다."

조운은 비단 주머니를 품속 깊이 넣었습니다. 그리고 열 척의 배에 병사 오백을 거느리고 강동으로 떠났습니다.

며칠이 지나 유비 일행은 강동 땅 남서에 닿았습니다.

'남서에 도착했으니 첫 번째 주머니를 열어 봐야겠다.'

조운은 첫 번째 주머니를 열고 그 속에 씌어 있는 글을 읽었습니다.

'공명의 꾀는 정말로 귀신 같구나!'

조운은 제갈량의 글을 불태우고 병사들에게 하나하나 명령을 내렸습니다. 모두 제갈량이 시킨 대로 했습니다. 그런 다음 유비를 따라 남서성으로 들어갔습니다.

"유황숙, 어서 오십시오."

손권이 나와 유비를 맞이했습니다. 그때 조운의 병사들은 남서성 안 이곳저곳으로 흩어졌습니다. 병사들은 시장에 가서 소와 돼지, 과일이며 비단을 잔뜩 샀습니다. 그러면서 강동 사람들에게 소문을 퍼뜨렸습니다.

"형주의 유황숙이 손장군의 누이와 결혼합니다. 우리는 결혼식에 쓸 물건을 사러 나왔습니다."

"그럼 이제 강동과 형주는 한 가족이 되겠네요."

이 소문은 금세 퍼져 손권의 어머니 오국태의 귀에도 들어갔습니다. 그때까지 아무것도 모르고 있던 오국태는 놀라서 손권을 불렀습니다.

"나 몰래 네 누이를 유황숙과 결혼시키려 했느냐? 왜 그런 일을 너 혼자서 하려고 하느냐?"

"그 소문은 어디서 들으셨습니까?"

"성안의 백성들도 다 아는 일이다. 그런데도 어미를 속이려 하느냐?"

이 말에 손권은 더욱 놀랐습니다.

'이런, 속임수가 들통났군! 사실대로 말씀드릴 수밖에 없겠어.'

손권은 주유가 꾸민 속임수를 어머니에게 솔직하게 털어놓았습니다. 그러자 오국태는 더욱 화를 내며 손권을 꾸짖었습니다.

"그런 일에 어떻게 누이를 이용한단 말이냐? 이제 세상 사람들이 다 알았으니 내 딸은 시집도 못 가겠구나."

손권은 무릎을 꿇고 용서를 빌었습니다.

"유황숙을 봐야겠으니 내일 감로사 절에 데려오너라. 유황숙이 내 마음에 들면 결혼시키고, 그렇지 않으면 네 마음대로 해라."

손권은 곧장 여범을 불렀습니다.

"내일 감로사 밖에 병사 수백 명을 숨겨 두시오. 내가 손짓을 하거든 곧장 유비를 사로잡도록 하시오."

손권은 어머니가 유비를 마음에 들어하지 않으면 바로 사로잡을 생각이었습니다.

이튿날, 유비가 감로사에 와서 오국태에게 절을 올렸습니다. 오국태는 유비가 무척 마음에 들었습니다.

"얘야, 어서 네 누이와 유황숙을 결혼시키자꾸나."

손권은 아무 말도 못하고 숨겨 둔 병사를 돌려보내야 했습니다.

'내 속임수에 내가 걸려들고 말았구나.'

손권은 겉으로는 웃었지만 속은 몹시 상했습니다.

며칠 뒤 유비와 손권 누이의 결혼식이 열렸습니다. 수많은 관리와 장수들이 모이고, 백성들이 구경을 나왔습니다.

"참으로 잘 어울리는 한 쌍이야."

사람들은 침이 마르도록 유비와 손권의 누이를 칭찬했습니다. 음식과 술이 그득하여 손님들이 모두 배불리 먹었습니다.

이제 손권의 누이는 손부인이 되었습니다. 오국태는 딸과 헤어지는 게 섭섭해서 유비를 한동안 강동에 머물게 했습니다.

손권은 누이동생의 결혼식이 끝난 뒤에도 마음이 몹시 언짢았습니다.

'일이 이렇게 되다니. 분해서 견딜 수가 없다.'

손권은 시상에 있는 주유에게 일이 실패로 돌아갔다고 알렸습니다. 곧 주유에게서 답장이 왔습니다. 유비를 강동에 붙들어 두어 제갈량과 만나지 못하게 하라는 내용이었습니다. 그러면 자연히 제갈량과 유비 사이가 멀어질 거라는 것이었습니다.

손권은 무릎을 치며 기뻐했습니다. 손권은 성안에 호화로운 궁전을 새로 지어 유비 부부를 살게 했습니다. 그리고 많은 하인과 함께 귀한 보석이며 비단을 잔뜩 보냈습니다. 매일 맛있는 음식과 술까지 보내 주었습니다.

"태어나서 이렇게 편안하고 즐거운 것은 처음이오."

유비는 좋은 음식과 술에 취해서 세월 가는 줄을 몰랐습니다. 유비의 궁전에서는 매일 밤 흥겨운 풍악 소리가 흘러나왔습니다. 유비는 형주를 까맣게 잊어 버렸습니다.

유비가 궁전에서 놀고 있으니 조운은 할 일이 없었습니다. 조운은 유비 얼굴조차 보기 힘들었습니다.

"주공이 저렇듯 술과 게으름에 빠져 있으니 큰일이야."

조운은 하루 종일 활을 쏘고 말을 달리며 시간을 보냈습니다. 그러던 어느 날, 조운은 문득 날짜를 세어 보다가 깜짝 놀랐습니다.

"곧 새해로구나. 주공을 형주로 모셔가야 할 텐데……."

조운은 그제야 제갈량이 준 비단 주머니가 생각났습니다. 조운은 두 번째 비단 주머니에서 글을 꺼내 읽고 곧장 유비에게 달려갔습니다.

"주공, 큰일 났습니다."

조운은 일부러 놀란 표정을 지었습니다.

"무슨 일인데 그렇게 당황하는 것이오?"

"지금 막 공명 선생이 보낸 편지를 받았습니다. 조조가 오십만 군사를 이끌고 형주로 쳐들어온답니다."

깜짝 놀란 유비는 손부인을 불러 사정을 말했습니다.

"나라도 먼저 형주로 가야겠소. 그런데 손권 장군이 나를 보내 줄까요?"

"제가 설날 아침에 떠날 수 있도록 기회를 만들 테니 그때 떠나요."

새해가 밝았습니다. 유비가 강동에 온 지 어느덧 반년이 흘렀습니다. 설날 아침에 유비와 손부인은 오국태에게 세배를 하러 갔습니다.

세배를 마치고 손부인이 오국태에게 말했습니다.

"어머니, 제 시부모님의 산소가 멀리 북쪽에 있어요. 오늘은 강변에 나가서 북쪽을 보고 제사를 드리고 싶어요."

오국태는 흔쾌히 허락했습니다. 유비와 손부인은 말과 수레에 올라 서둘러 성을 빠져나왔습니다. 오국태가 허락했기 때문에 아무도 유비 부부를 의심하지 않았습니다.

"어서 떠나자."

유비는 조운을 앞장세워 형주로 가는 길을 재촉했습니다. 손권은 다음 날에야 유비가 도망친 것을 알았습니다.

"유비를 결코 살려서 보낼 수 없다. 진무와 반장은 어서 달려가 유비를 사로잡아 오너라."

손권은 도저히 마음이 놓이지 않아 다시 장흠과 주태를

불렀습니다.

"얼른 가서 유비와 내 누이의 목을 가지고 오너라."

"손부인까지 죽이라고요?"

손권은 고개를 끄덕이며 두 장수에게 자기가 차고 있던 칼을 주었습니다.

유비 일행은 조금도 쉬지 않고 달렸습니다. 겨우 장강 가까이 이르렀을 때였습니다.

"멈추어라! 네놈이 도망칠 줄 알고 우리가 왔다."

주유의 부하인 서성과 정봉이었습니다. 두 장수는 주유의 명령을 받고 유비 일행을 기다리고 있었습니다.

그때 뒤에서 뽀얀 흙먼지가 일어나며 진무와 반장이 달려왔습니다.

"아아, 앞뒤로 포위되었구나. 이를 어쩌면 좋으냐?"

유비가 걱정스러운 표정으로 말했습니다. 그러자 조운이 품속에서 비단 주머니를 꺼냈습니다.

"목숨이 위험할 때 보라고 공명이 준 글입니다."

내용을 보니 손부인에게 도움을 청하라고 씌어 있었습니다.

"부인이 강동의 군사를 물리쳐 주시오."

그러자 손부인이 나와 강동의 장수들을 꾸짖었습니다.

"나는 손권 장군의 하나뿐인 누이다. 어머니의 허락을 받고 가는데 왜 길을 막느냐? 재물을 빼앗으려는 것이냐?"

강동의 장수들이 놀라며 땅에 엎드렸습니다.

"그럴 리가 있겠습니까? 부인께서는 화를 푸십시오."

"그렇다면 어서 길을 비켜라!"

손부인이 호령하자 장수들은 머리를 조아렸습니다.

장수들이 비켜서자 유비 일행은 서둘러 길을 떠났습니다. 마침내 장강에 이르렀습니다. 이제 강만 건너면 형주 땅입니다.

"어서 배를 찾아보아라!"

조운이 병사들에게 명령했습니다. 병사들이 이리저리 둘러보았지만 어디에도 배는 보이지 않았습니다.

유비는 흘러가는 강물을 보며 눈물을 흘렸습니다.

'그동안 내가 너무나 게으르게 살았구나!'

이때 뒤에서 또 한 떼의 말 탄 군사가 흙먼지를 일으키며 달려오고 있었습니다.

"게 섰거라! 우리가 너희의 목을 가지러 왔다!"

유비가 놀라서 바라보니 장흠과 주태였습니다.

"이제는 죽었구나!"

유비는 땅이 꺼져라 한숨을 내쉬었습니다. 그때 조운이 소리쳤습니다.

"저기 배가 들어오고 있습니다."

과연 스무 척의 배가 강변으로 다가오고 있었습니다.

"주공, 제가 여기서 기다리고 있었습니다."

바로 제갈량이었습니다. 배에는 장사꾼으로 꾸민 형주의 병사들이 함께 타고 있었습니다. 유비 일행은 허둥지둥 말을 달려 배에 올랐습니다. 제갈량이 장흠과 주태에게 외쳤습니다.

"너희들은 어서 돌아가서 손권과 주유에게 전해라. 우리 주공께서 좋은 부인을 얻어 무사히 형주로 돌아가셨다고 말이다."

유비 일행과 제갈량을 태운 배들이 강 한가운데로 나아갔습니다. 마침내 유비가 형주 땅으로 되돌아가게 된 것입니다.

한편, 조조는 하북의 업군에서 커다란 궁전을 짓고 있었습니다. 하북을 차지하고 나서부터 짓기 시작한 새 궁전의 이름은 동작대라고 지었습니다.

"동작대는 앞으로 내가 살 곳이니 가장 크고 아름답게 꾸며라."

조조의 명령에 따라 지은 동작대는 아주 크고 높았습니다. 정원에는 큰 연못을 파고, 연못 주위에는 갖은 나무와 꽃을 심었습니다.

마침내 동작대가 다 지어지자 조조는 사람들을 불러 큰 잔치를 열었습니다. 맛좋은 음식과 향기로운 술이 넘쳤습니다.

"오늘은 기쁜 날이니 마음껏 놀고 즐기시오."

관리들은 저마다 조조를 칭송하는 시를 지어 바쳤습니다. 조조는 기분이 좋아서 마음껏 술에 취했습니다.

"내가 북으로는 원소를 물리치고, 남으로는 원술과 유표를 이겼소. 이만하면 나도 많은 일을 하지 않았소?"

조조가 자랑스레 말하자 사람들이 한 목소리로 맞장구를 치며 절을 올렸습니다.

"승상이 아니었다면 이 나라가 위태로웠을 것입니다."

조조는 황제라도 된 듯이 좋아했습니다. 그때 화흠이라는 사람이 찾아왔습니다. 화흠은 손권이 조조와 유비를 싸우게 하려고 보낸 사람으로, 말재주가 뛰어났습니다.

"무슨 일로 강동에서 여기까지 왔소?"

조조가 물으니 화흠이 손권의 편지를 바쳤습니다.

"유비에게 형주를 다스리는 장군 벼슬을 내리라고?"

"유황숙은 형주의 아홉 고을을 차지했습니다. 게다가 손권 장군의 누이와도 결혼했습니다. 그래서 손권 장군이 유비 대신 벼슬을 부탁하는 것입니다."

화흠은 손권이 시킨 대로 일부러 약을 올렸습니다. 조조는 한동안 말없이 생각에 잠겼습니다.

'유비에게 벼슬을 줄 수야 없지. 차라리 주유에게 벼슬을 주어 유비와 싸우게 하자.'

"주유를 형주의 남군성을 다스리는 태수로 삼겠소."

화흠이 깜짝 놀랐습니다. 남군은 형주 땅이고 장비가 지키고 있었습니다. 결국 조조는 주유와 유비를 싸우게 할 생각이었습니다.

주유는 남군 태수라는 벼슬을 받고 깜짝 놀랐습니다.

"지금 장비가 지키고 있는 곳에 가서 태수를 하라고?"

이 말에 화흠이 대답했습니다.

"그러니 대도독께서 남군을 빼앗아야지요."

주유는 노숙을 불러 이 일을 의논했습니다.

"내가 남군 태수가 되었으니 당장 형주를 돌려 달라고 해야겠습니다."

"제가 유황숙에게 가서 잘 말해 볼 테니 거절하거든 그 때 가서 싸우십시오."

유비는 노숙이 온다는 말을 듣고 제갈량에게 물었습니다.

"노숙이 이번에는 무슨 일로 오는 걸까요?"

"틀림없이 형주를 돌려 달라고 할 것입니다."

"그럴 수는 없지요. 무슨 좋은 수가 없겠소?"

"노숙이 형주를 돌려 달라고 하면 그저 슬프게 우십시오. 그러면 제가 들어와서 노숙을 설득하겠습니다."

형주에 막 도착한 노숙은 성안을 살피다 깜짝 놀랐습니다. 유비의 군사는 수도 많고 모두들 열심히 훈련하고 있었기 때문입니다. 창고마다 군량도 가득했습니다.

'유비가 이토록 힘을 기르고 있으니 함부로 싸웠다가는 큰일 나겠구나.'

노숙은 유비를 만나 찾아온 이유를 말했습니다.

"우리 손권 장군께서 형주를 돌려주시기를 몹시 기다리고 있습니다. 또 주유 대도독이 이번에 남군 태수가 되었습니다."

유비가 이 말을 듣고 갑자기 두 손으로 얼굴을 가리며 울음을 터뜨렸습니다. 이때 제갈량이 방으로 들어왔습니다. 노숙이 당황하며 말했습니다.

"형주를 돌려 달라고 했을 뿐인데 황숙께서 저렇게 우시는군요."

"선생은 우리 주공께서 왜 우시는지 까닭을 모르겠소?"

"모르겠습니다."

"우리가 익주를 차지하면 형주를 주기로 약속했지요?"

"그랬지요."

"그런데 지금 익주를 다스리는 유장은 황숙과 먼 친척 사이입니다. 같은 친척끼리 어떻게 싸울 수 있겠습니까? 그래서 마음이 괴로워 우시는 것이오."

이 말에 유비가 더욱 서럽게 울었습니다. 노숙은 어찌할 바를 몰랐습니다.

"황숙께서는 너무 슬퍼하지 마십시오. 제가 돌아가서 손권 장군과 주유 대도독께 잘 말씀드려 보겠습니다."

그제야 유비가 눈물을 닦았습니다.

주유는 노숙이 빈손으로 돌아오자 발을 구르며 화를 냈습니다.

"선생이 또 공명에게 속았습니다."

주유는 도저히 참을 수 없어서 또다시 꾀를 냈습니다.

"선생은 다시 형주로 가십시오. 그래서 우리가 익주를 빼앗아 줄 테니 형주를 돌려 달라고 하십시오."

"정말로 대도독께서 익주를 빼앗아 줄 생각입니까?"

"하하하, 익주로 가려면 형주 땅을 지나가야 합니다. 그러니까 익주로 가는 척하다 형주를 빼앗아 버리자는 말이지요."

노숙은 다시 형주의 유비를 찾아가 주유가 시킨 대로 말했습니다. 유비는 아무래도 믿을 수 없어서 제갈량을 바라보았습니다. 제갈량이 승낙하라는 눈짓을 보내자 유비가 대답했습니다.

"고맙습니다. 우리가 길을 안내하고 군량도 내어 돕겠습니다."

제갈량도 한마디 거들었습니다.

"선생이야말로 우리의 은인입니다."

노숙은 두 사람의 인사를 받자 뛸 듯이 기뻤습니다. 노숙이 돌아가자 제갈량이 유비에게 말했습니다.

"한낱 구렁이가 감히 용을 속이려고 하는군요."

"그게 무슨 말씀입니까?"

"주유가 익주를 핑계 삼아 형주를 빼앗으려는 겁니다."

"그렇다면 큰일이 아니오? 우리가 주유와 싸워 이길 수 있을까요?"

"제가 미리 준비하여 주유를 혼쭐내 주겠습니다."

그날부터 제갈량은 주유와 싸울 채비를 했습니다.

한편, 노숙은 주유에게 유비가 속은 일을 이야기했습니다. 주유는 껄껄 웃으며 모든 일이 자기 생각대로 되었다고 믿었습니다. 그래서 당장 군사 오만을 거느리고 형주로 떠났습니다.

주유의 군사가 돛을 높이 올리고 힘차게 장강을 거슬러 올라갔습니다. 주유의 배가 하구라는 곳에 이르자 유비의 아랫사람 미축이 마중을 나와 있었습니다.

"우리 주공께서 잔칫상을 마련하고 형주 성문 밖에서 대도독을 기다리고 계십니다."

주유는 기뻐하며 유비가 있는 곳으로 향했습니다. 주유의 군사가 형주성 가까이에 이르렀을 때였습니다. 어디에도 기다리는 사람은 없었습니다. 주유는 병사를 시켜 형주성을 살피고 오게 했습니다.

병사가 돌아와서 말했습니다.

"성문 위에 흰 깃발만 꽂혀 있고, 사람이라고는 그림자도 보이지 않습니다."

"설마……. 아무래도 내 눈으로 직접 보고 와야겠다."

주유는 삼천 군사를 이끌고 형주성으로 달려갔습니다. 성문 앞까지 다가가도록 아무도 보이지 않았습니다. 성문 위에는 정말로 두 개의 흰 깃발만 펄럭이고 있었습니다. 주유는 성 위를 향해 큰 소리로 외쳤습니다.

"강동의 대도독 주유가 왔으니 어서 성문을 열어라!"

그러자 성문 위로 조운이 나타났습니다.

"우리 주공께서는 대도독의 속임수를 이미 알고 계시오. 그러니 어서 돌아가시오."

"뭐라고? 이, 이런……."

주유는 얼굴을 붉히며 어쩔 줄을 몰라 했습니다. 주유가 말을 돌리는데 한 병사가 급히 달려왔습니다.

"관우, 장비, 황충, 위연이 네 길로 나누어 쳐들어오고 있습니다."

"적의 군사가 얼마나 되더냐?"

"그건 잘 모르겠고, 함성이 수십 리 밖까지 들립니다."

"유비와 공명은 어디 있느냐?"

"언덕 위에서 우리를 지켜보며 술을 마시고 있습니다."

순간, 주유는 화가 머리끝까지 솟구쳤습니다. 그 바람에 예전에 다친 상처가 터지고 말았습니다. 주유는 크게 비명을 지르며 말에서 떨어졌습니다.

배로 돌아온 주유는 장수들을 둘러보며 힘겹게 말했습니다.

"내 목숨도 다 끝난 것 같소. 그대들은 부디 손권 장군을 잘 섬기도록 하시오."

주유는 정신을 잃었다가 한참만에 다시 깨어났습니다.

"하늘이시여! 저를 세상에 보내고, 어찌하여 제갈공명을 또 보냈습니까!"

주유는 하늘을 향해 울부짖더니 마침내 숨을 거두었습니다. 이때 주유의 나이는 겨우 서른여섯이었습니다.

수염을 자르고 도망친 조조

주유의 뒤를 이어 강동의 대도독이 된 노숙은 손권과 앞일을 의논했습니다.

"주유 대도독이 돌아가셨으니 새로운 인재가 필요합니다. 마침 방통이 강동에 있습니다. 제갈공명만큼 뛰어난 사람이지요."

"나도 이름을 들어 알고 있습니다. 어서 모셔 오시오."

그런데 손권은 방통을 보자 인상을 찌푸렸습니다. 방통이 너무 못생겼기 때문입니다. 몸집이 작은 데다 눈썹은 듬성듬성 났고, 코는 들창코였습니다. 손권이 못마땅해하며 물었습니다.

"선생의 학식은 주유 장군보다 낫습니까?"

"그렇지 못합니다."

방통이 겸손하게 대답했습니다. 손권은 그 말을 그대로 믿고 시큰둥하게 말했습니다.

"선생은 집에 가서 기다리시오. 내가 필요하면 다시 부르겠소."

이 말에 방통도 못마땅한 표정으로 물러났습니다. 노숙이 방통을 따라 나갔습니다.

"손장군이 나를 몰라주니 조조에게 가겠소."

그러자 노숙이 눈을 휘둥그렇게 뜨며 말했습니다.

"조조는 역적이니 가서 도우면 안 됩니다. 차라리 유황숙에게 가십시오. 유황숙이라면 반드시 선생을 반길 것입니다."

"하하하, 농담입니다. 나도 유황숙을 찾아갈 생각이었습니다."

"그럼 제가 선생을 소개하는 글을 써 드리지요."

방통은 노숙의 글을 받아 형주로 떠났습니다. 마침 제갈량은 다른 곳에 가고 없어서 방통은 혼자 유비를 만나러 갔습니다.

"저는 방통이라고 합니다. 유황숙께서 선비를 아끼신다고 하기에 찾아왔습니다."

유비는 그다지 방통을 반기는 표정이 아니었습니다. 유비도 못생긴 방통에게 호감이 가지 않았던 것입니다.

"지금은 선생께 마땅한 자리가 없군요."

유비는 한동안 여러 궁리를 했습니다. 마침 형주성에서 백 리쯤 떨어진 뇌양현이라는 작은 고을에 원님 자리가 비어 있었습니다.

"우선 뇌양현을 맡아서 다스리도록 하십시오."

방통은 뇌양현으로 떠나며 생각에 잠겼습니다.

'황숙이 조조도 속인 나를 몰라보고 우습게 여기는구나. 황숙이 정신을 차리도록 내 재주를 보여 줘야겠어.'

뇌양현의 원님이 된 방통은 매일같이 술만 마시며 지냈습니다.

"술맛 한번 좋다, 꺼억!"

방통은 원님이 해야 할 일은 하나도 하지 않았습니다. 마침내 유비가 이 소식을 들었습니다.

"그런 게으른 관리는 그대로 놔둘 수 없다."

유비는 장비를 불렀습니다.

"아우는 가서 방통이 어떻게 일하고 있는지 살펴보아라. 소문대로 일을 게을리 했거든 벌을 주도록 해라."

장비는 손건과 함께 뇌양현으로 떠났습니다. 장비가 뇌양현에 이르자 관리와 백성들이 마중을 나왔습니다. 그런데 방통은 보이지 않았습니다. 한 관리가 말했습니다.

"원님께서는 오늘까지 백 일 동안 계속 술만 드셨습니다. 지금도 술에 취해서 방에 누워 계십니다."

"뭐라고? 당장 방통을 잡아 오너라!"

그때 방통이 비틀거리며 방에서 나왔습니다.

"우리 형님이 너를 믿고 벼슬을 맡겼는데 감히 게으름을 피우느냐?"

장비가 꾸짖자 방통은 껄껄 웃으며 되물었습니다.

"장군은 내가 무슨 게으름을 피웠다고 그러시오?"

"백 일 동안 하지 못한 일이 저렇게 쌓여 있지 않느냐?"

장비는 책상 위에 가득 쌓인 일감을 가리켰습니다. 백 일 동안 쌓인 재판 서류였습니다. 방통은 픽 웃었습니다.

"저런 일이라면 금방 처리할 수 있소."

방통은 책상 앞에 앉아 일을 하기 시작했습니다.

"자, 한 사람씩 앞으로 나와서 재판을 받도록 해라."

방통은 눈으로 서류를 읽고, 귀로는 백성들의 말을 듣고, 입으로는 판결을 내렸습니다. 판결은 어느 하나도 올바르지 않은 것이 없었습니다. 백성들이 머리를 조아리며 좋아했습니다.

"이렇게 억울한 일을 풀어 주시다니 고맙습니다."

방통은 순식간에 모든 일을 끝냈습니다.

"이까짓 작은 고을의 일이야 식은 죽 먹기요."

놀란 장비가 방통 앞에서 허리를 굽혔습니다.

"선생의 놀라운 재주를 제가 미처 몰랐습니다. 부디 너그럽게 용서하십시오."

그제야 방통은 노숙이 써 준 편지를 내놓았습니다. 장비가 글을 읽고 말했습니다.

"제가 당장 형님께 돌아가 말씀드리겠습니다."

장비는 서둘러 형주성의 유비에게 돌아가 방통이 한 일을 이야기하며 노숙의 편지를 내놓았습니다. 유비는 편지를 읽고 한숨을 내쉬었습니다.

"내가 눈이 멀어서 그토록 훌륭한 선비를 몰라보고 무시했구나."

그때 마침 제갈량이 돌아왔습니다. 제갈량은 유비를 보

자마자 물었습니다.

"방통이 왔다는데 지금 어디 있습니까?"

유비가 부끄러워하며 그동안 일어난 일을 말했습니다. 그러자 제갈량도 한숨을 내쉬었습니다.

"방통은 저보다 공부를 많이 한 사람입니다."

"그렇다면 어서 방통을 부르십시오."

유비는 장비를 시켜 방통을 불렀습니다. 방통이 오자 유비는 뜰 아래로 내려와 용서를 빌었습니다.

"제가 선생을 몰라뵈었습니다. 부디 용서하십시오."

방통이 껄껄 웃었습니다.

"하하하, 저도 일부러 유황숙을 놀렸습니다. 용서해 주십시오."

유비도 따라서 웃었습니다.

한편, 조조는 부하의 말을 듣고 크게 놀랐습니다.

"승상, 방통이 유비의 부군사가 되었답니다."

부군사는 군사보다는 벼슬자리가 낮았지만, 군사와 마찬가지로 군대의 작전을 짜고 꾀를 내는 사람입니다.

"뭐야? 방통까지 유비를 돕는다고?"

조조는 적벽대전에서 방통에게 속아서 크게 졌습니다.

그래서 방통을 몹시 두려워했습니다.

"유비가 더 큰 힘을 갖기 전에 적벽에서 진 원수를 갚아야 할 텐데……."

조조는 분해서 이를 갈았습니다.

"주유가 죽었으니 강동부터 빼앗아야겠어. 그러면 유비 따위야 식은 죽 먹기지."

조조는 강동과 형주로 쳐들어갈 기회를 엿보았습니다. 그런데 조조에게는 한 가지 걱정거리가 있었습니다.

멀리 한나라의 서북쪽에 양주라는 지방이 있었습니다. 사람들은 그곳을 서량이라고 불렀습니다. 서량을 다스리는 태수 마등은 황제를 따르는 충신이었습니다. 마등은 황제를 위해 늘 조조를 몰아낼 생각을 하고 있었습니다.

조조에게는 이 마등이 큰 걱정거리였습니다. 그래서 마등부터 물리치기로 하고 한 가지 꾀를 생각해 냈습니다.

"폐하께서 부르신다고 하고 마등을 허도로 데려오너라."

조조의 부하가 거짓 편지를 가지고 서량으로 달려갔습니다.

"폐하께서 부르신다면 어서 가야지."

마등은 거짓 편지에 속아 허도로 떠나려고 했습니다. 그러자 큰아들 마초가 말렸습니다.

"아버지, 조조가 해칠지도 모르니 가지 마십시오."

마초는 하얀 얼굴에 입술이 유난히 붉었습니다. 떡 벌어진 어깨에는 힘이 넘쳤습니다.

마등이 고개를 저으며 말했습니다.

"폐하께서 부르신다니 어서 가야지. 나는 네 두 아우와 조카 마대를 데리고 가겠다. 너는 이곳에 남아서 성을 지키고 있어라."

허도에 도착한 마등은 성문 앞에서 조조의 장수들에게 붙잡히고 말았습니다. 뒤따르던 마대만 겨우 도망쳤습니다. 조조는 마등과 두 아들을 모조리 죽였습니다.

"역적놈 조조야, 내가 너보다 먼저 죽는 게 분하고 억울하구나!"

마등은 목숨이 끊어질 때까지 조조를 꾸짖었습니다.

마대는 장사꾼으로 변장하고 서량으로 달아났습니다. 마대는 눈물을 참으며 밤을 새워 말을 달렸습니다. 마침내 서량에 도착해 마초를 찾아갔습니다.

"마초 형님, 작은아버지와 두 동생이 조조에게 죽임을 당했습니다."

"뭐, 뭐야?"

마초는 비명을 지르며 쓰러졌습니다.

"아버지, 제가 원수를 반드시 갚아 드리겠습니다!"

마초는 입술을 깨물며 굳게 결심했습니다.

한편, 조조는 마등이 죽자 군사 삼십만을 모았습니다.

"마등이 죽었으니 이제 강동과 형주를 쓸어 버리자."

강동의 손권이 이 소식을 들었습니다.

"주유 대도독도 없는데 어떻게 조조와 싸운단 말이냐!"

손권은 궁리하던 끝에 유비의 얼굴을 떠올렸습니다.

'강동이 망하면 형주도 안전하지 못해. 유비가 도와줄 거야.'

손권은 유비에게 도움을 부탁하는 편지를 보냈습니다. 유비도 손권과 같은 생각을 하고 있었습니다. 제갈량이 유비와 함께 손권의 편지를 읽고 말했습니다.

"앞으로 조조와 싸우려면 우리는 강동과 친하게 지내야 합니다. 지난 일은 다 잊어버리고 강동을 도우십시오."

"우리 힘으로 조조를 물리칠 수 있겠소?"

"조조의 뒤통수를 쳐서 아예 이리로 오지 못하게 할 수 있습니다."

"어떻게요?"

"지금 서량의 마초가 아버지의 원수를 갚으려고 이를 갈고 있을 것입니다. 주공께서 마초에게 편지 한 장만 쓰십시오. 마초가 조조를 가만두지 않을 테니까요."

유비는 손권에게 안심하라는 편지를 보낸 다음 마초에게 힘을 합쳐 역적 조조를 물리치자는 편지를 썼습니다.

마초는 편지를 다 읽고 나서 주르륵 눈물을 흘렸습니다.

"황숙, 저도 이 기회를 노리고 있었습니다."

마초는 당장 이십만 군사를 이끌고 조조의 땅으로 쳐들어갔습니다. 마초의 사촌 동생 마대와 용맹한 부하 방덕이 마초를 뒤따랐습니다. 마초의 군사는 거센 파도처럼 몰려가 금세 장안성을 휩쓸어 버렸습니다.

"뭐, 뭐라고? 장안성을 마초에게 빼앗겨? 어서 장안성을 구하러 가야겠다."

조조는 강동으로 쳐들어가던 군사를 돌려 장안으로 향했습니다.

조조의 군사가 장안성 가까이에 진지를 세우자 마초가 조조의 진지에 달려들었습니다.

"조조야, 내가 아버지의 원수를 갚으러 왔다!"

마초는 은빛 갑옷을 입고 긴 창을 휘두르며 소리쳤습니다. 마초의 하얀 얼굴이 붉으락푸르락했습니다. 조조가 맞서 나오자 마초가 다시 외쳤습니다.

"네놈은 역적이니 내가 하늘을 대신해서 벌을 주겠다!"

마초는 긴 창을 꼬나들고 나는 듯이 조조에게 달려들었습니다. 조조의 뒤에 있던 우금이 달려 나갔습니다. 하지만 우금은 힘센 마초를 당해 내지 못하고 도망쳤습니다.

이번에는 장합이 달려 나갔습니다. 하지만 역시 이기지 못하고 물러났습니다. 다시 한 장수가 마초에게 덤볐습니다. 마초는 조금도 지치지 않고 창을 휘둘러 장수를 쓰러뜨렸습니다.

"조조에게는 조무래기들만 있구나. 서량의 병사들아, 어서 나를 따르라!"

마초가 긴 창을 번쩍 쳐들자 서량의 병사들이 함성을 지르며 한꺼번에 달려들었습니다.

조조는 잔뜩 겁을 먹고 도망치는 병사들 속에 몸을 숨겼습니다. 그때 마초의 부하 한 사람이 조조를 발견하고 크게 소리쳤습니다.

"저기 붉은 옷을 입은 놈이 조조다!"

조조는 깜짝 놀라 입고 있던 붉은 옷을 내던졌습니다. 그러자 또 다른 병사가 소리쳤습니다.

"저기 수염이 긴 놈이 조조다!"

조조는 벌벌 떨며 칼을 들어 수염을 싹둑 잘랐습니다. 그러자 서량의 병사들이 또 외쳤습니다.

"조조가 수염을 잘랐다. 수염을 짧게 자른 놈을 잡아라!"

조조는 놀라서 부하가 들고 있던 깃발을 북 찢어서 짧은 수염을 가렸습니다. 그때 마초가 조조를 보았습니다.

"조조야, 게 섰거라!"

조조는 말채찍을 떨어뜨린 줄도 모르고 허둥지둥 도망 쳤습니다. 마초가 바짝 뒤쫓아 조조의 등을 창으로 힘껏 찔렀습니다.

"어이쿠!"

그 순간 조조가 비명을 지르며 나무를 잡고 빙글 돌아 몸을 피했습니다. 마초의 창이 나무에 푹 박혔습니다. 마초가 나무에 박힌 창을 뽑는 사이 조조는 멀리 달아나 버렸습니다.

나무 덕분에 겨우 목숨을 구한 조조는 흩어진 장수와 병사들을 모아 새로 진지를 세웠습니다.

"마초는 여포만큼 용맹하니 속임수를 써야겠어."

조조는 장수들에게 명령을 내렸습니다.

"적에게 마치 우리가 돌아가는 것처럼 꾸며라."

조조의 병사들은 저마다 보따리를 차고 거짓으로 물러갔습니다. 마초가 이 소식을 들었습니다.

"하하하, 조조가 겁을 먹고 도망치는구나. 우리는 하룻밤 푹 쉬었다가 놈들의 뒤를 습격하자."

마초는 병사들과 함께 마음 놓고 푹 쉬었습니다. 그런데 그날 밤, 조조 군사가 갔던 길을 되돌아와서 마초의 진지를 포위해 버렸습니다. 조조의 병사들이 불을 지르며 진지 안으로 뛰어들었습니다.

자다가 깨어난 마초의 병사들은 어쩔 줄 모르고 허둥댔습니다. 그러다 자기들끼리 부딪치고 찌르며 싸웠습니다. 조조의 군사는 마음껏 창과 칼을 휘둘렀습니다.

"병사들은 어서 흩어져라!"

마초는 있는 힘을 다해서 포위를 뚫었습니다. 사촌 동생 마대와 부하 방덕이 마초를 도왔습니다.

마초가 포위에서 벗어났을 때 뒤따르는 병사는 겨우 서른 명 남짓이었습니다. 너무나 어이없는 패배였습니다.

"이대로는 조조와 싸울 수 없다. 일단 몸을 피하자."

마초는 눈물을 머금고 멀리 달아났습니다. 조조는 장안성을 되찾았습니다.

허도로 돌아간 조조는 마초와 싸우느라 몹시 지쳐 있었습니다. 강동으로 쳐들어가는 일을 나중으로 미룰 수밖에 없었습니다.

한편, 마초와 헤어진 병사들은 한나라의 서쪽에 있는 익주 땅으로 도망치다 한중까지 오게 되었습니다. 그동안 굶주리고 헐벗은 병사들은 꼭 산적 떼 같았습니다.

"한중성으로 들어가 장로 장군의 부하가 되자. 그러면 굶지는 않을 거야."

병사들은 뜻을 모아 한중성으로 들어갔습니다. 한중을 다스리는 장로는 마초의 병사들을 크게 반겼습니다.

"나만 잘 따르면 누구든지 여기서 살게 해 주겠다."

장로가 부하로 받아들인 병사가 수만 명이 넘었습니다. 장로는 군사가 크게 늘어나자 엉뚱한 욕심이 생겼습니다.

'내가 성도의 유장보다 못한 게 뭐 있어. 익주 땅을 모조리 빼앗아 나도 왕이 되어 보자.'

장로는 마음이 어질고 전쟁을 모르는 유장을 몰아내고

성도를 차지할 기회를 엿보았습니다.

이제 평화롭던 익주 땅에도 전쟁의 기운이 감돌기 시작했습니다. 유장은 장로가 쳐들어오려 한다는 소문을 듣고 두려움에 떨었습니다.

"이 일을 어쩌면 좋단 말이오?"

그러자 유장의 아랫사람인 장송이 말했습니다.

"장군, 제가 장로를 물리쳐 보겠습니다."

"무슨 수로 장로를 물리친단 말이오?"

"제가 조조를 찾아가서 장로와 싸우도록 해 보겠습니다. 조조라면 장로쯤이야 한 번에 무찔러 버릴 것입니다."

"하지만 조조가 우리를 도울까요?"

"제가 반드시 조조를 설득하겠습니다."

유장이 고개를 끄덕였습니다. 유장은 머리가 좋은 장송을 믿고 황금과 보석을 잔뜩 내주었습니다.

"자, 이것들을 가지고 가서 조조에게 선물로 바치도록 하시오."

마침내 허도에 도착한 장송이 무릎을 꿇고 조조에게 큰절을 올렸습니다.

"익주에서 온 장송이 승상께 인사 올립니다."

"익주에서는 그동안 내게 선물을 바치지 않았는데 그 까닭이 무엇인가?"

"사방의 도적 떼 때문에 선물을 가져올 수 없었습니다."

"내가 나라를 잘 다스리고 있는데 무슨 도적이 있단 말인가?"

"북쪽에는 장로가 있고, 동쪽에는 유비가 있지요. 또 장강 남쪽에는 손권이 있지 않습니까?"

이 말에 조조가 벌컥 화를 냈습니다.

"네가 감히 나를 놀리려 하느냐?"

조조는 자리에서 일어나 밖으로 나가 버렸습니다.

'자만심에 가득 차 있는 걸 보니 조조는 훌륭한 사람이 아니야. 조조에게는 익주를 맡길 수 없겠어.'

장송은 크게 후회하며 허도성을 빠져 나왔습니다. 장송은 어두운 밤길을 걸으며 생각에 잠겼습니다.

'이번에는 형주의 유황숙을 찾아가 보자.'

장송이 형주성 가까이에 이르자 이미 알고 있었다는 듯 유비가 제갈량과 방통을 데리고 마중을 나와 있었습니다.

"어서 오십시오. 제가 선생의 가르침을 받으려고 기다리고 있었습니다."

유비는 말에서 내려 공손하게 인사했습니다. 장송도 말에서 내려 같이 인사했습니다. 유비는 장송과 함께 성으로 들어갔습니다.

'유황숙은 참으로 어질다. 익주를 다스릴 만해.'

장송은 마음이 어질고 선비를 알아주는 유비가 마음에 들었습니다. 그날부터 장송은 사흘 동안 형주성에 머물렀습니다. 그동안 유비는 장송을 극진하게 대접했습니다.

장송이 익주로 떠나는 날 유비는 성 밖으로 나가 멀리까지 배웅했습니다.

"선생을 만나 좋은 가르침을 많이 받았습니다. 언제 다시 만날 수 있을까요?"

유비가 아쉬운 표정을 지었습니다.

장송은 마침내 마음속에 있는 말을 털어놓았습니다.

"황숙이야말로 백성을 사랑하고 나라를 걱정하는 분입니다. 황숙께서 익주로 오셔서 우리 백성들을 다스려 주시기 바랍니다. 제가 몸을 바쳐 돕겠습니다."

이 말에 유비는 깜짝 놀랐습니다.

"어떻게 남의 땅을 빼앗는단 말입니까? 더구나 유장 장군과 나는 먼 친척이 됩니다."

"익주는 땅이 기름져 사람이 살기에 좋은 곳입니다. 또 높고 험한 산으로 둘러싸여 있어서 누구도 함부로 넘볼 수 없습니다. 황숙께서 익주를 차지하신다면 한나라를 다시 일으켜 세우실 수 있을 것입니다."

장송은 품속에서 지도를 꺼내 유비에게 건넸습니다.

"이것은 익주 땅의 지도입니다. 황숙께서 조조보다 먼저 익주를 차지하십시오. 이 지도가 큰 도움이 될 것입니다."

지도에는 익주의 이모저모가 자세히 그려져 있었습니다.

"황숙의 손에 한나라와 백성들의 앞날이 달려 있습니다. 제가 돌아가서 다시 연락드릴 테니 익주로 오실 채비를 하고 계십시오."

장송은 다짐하듯이 부탁하고 길을 떠났습니다.

장송이 성도에 돌아오자 유장이 반기며 물었습니다.

"그래, 조조를 찾아간 일은 어찌 되었소?"

"조조를 믿다가는 우리 땅까지 빼앗기겠습니다."

"그렇다면 이제 장로를 물리칠 방법이 없단 말이오?"

"형주의 유황숙께 부탁하십시오. 유황숙에게는 훌륭한 관리와 장수들이 많이 있습니다. 게다가 유황숙은 장군의 먼 친척이 아닙니까?"

"내가 왜 그 생각을 못했을까? 그렇다면 형주성으로 누구를 보내는 게 좋겠소?"

"그 일이라면 법정과 맹달에게 맡기십시오."

장송은 일부러 자기와 친한 친구들을 추천했습니다. 유장은 법정과 맹달을 불러서 명령을 내렸습니다.

"법정은 황숙께 편지를 가져가고, 맹달은 군사를 거느리고 나가 황숙을 맞이하시오."

"안 됩니다. 힘 있는 유비가 우리 땅을 빼앗아 버리면 어쩌려고 그러십니까?"

유장이 보니 황권이라는 관리였습니다.

"그따위 소리는 집어치우시오. 유황숙은 내 형님이 되시니 나를 도울 것이오."

유장이 황권을 꾸짖었습니다. 그러자 이번에는 왕누라는 장수가 간절하게 말했습니다.

"황권의 말이 옳습니다. 함부로 남을 믿어서는 안 됩니다. 부디 주공께서는 다시 한 번 생각해 보십시오."

"둘 다 물러가라. 또 그런 말을 하면 가만두지 않겠다."

유장은 황권과 왕누를 내쫓았습니다.

한편, 장송은 법정이 형주로 떠나기 전에 법정과 맹달을 남몰래 만났습니다.

"나는 유황숙을 우리의 새 주공으로 모시려고 하오. 그래야 우리 익주가 무사할 수 있을 것 같소."

"우리도 같은 생각이오. 어서 유황숙을 새 주인으로 모시도록 합시다."

두 사람은 장송을 돕기로 굳게 약속했습니다. 법정이 먼저 형주로 가서 유비에게 유장의 편지를 전했습니다. 한중의 장로에게서 익주를 지켜 달라는 내용의 편지였습니다.

"저는 장송과 뜻이 같습니다. 부디 황숙께서 익주를 다스려 주십시오."

법정이 솔직한 마음을 드러내자 유비가 펄쩍 뛰며 말했습니다.

"그런 소리 마시오. 나는 유장을 도와 장로만 물리칠 것이오."

"익주는 어질고 백성을 사랑하는 황숙께서 다스려야 합니다. 그렇지 않으면 장로나 조조가 차지하게 됩니다."

"그래도 남의 땅을 빼앗을 수는 없소. 그 얘기는 나중에 다시 하기로 하지요."

법정이 물러가자 유비는 홀로 깊은 생각에 잠겼습니다.

그때 방통이 찾아와 설득했습니다.

"주공, 이 기회에 익주를 차지하지 못하면 장로나 조조에게 빼앗깁니다."

유비는 또 고개를 가로저었습니다.

"조조가 일을 서두르면 나는 천천히 하고, 조조가 힘으로 하면 나는 어질게 하겠소. 그리고 조조가 사람들에게 속임수를 쓰면 나는 믿음으로 대하겠소. 조조가 익주를 욕심낸다고 나도 똑같이 욕심을 부려서야 되겠소?"

유비의 말에 방통이 껄껄 웃었습니다.

"왜 웃으시오?"

"어찌 나무만 보고 숲은 보지 못하십니까? 사람이 옳은 일만 찾다가는 진짜 큰 뜻을 이루지 못합니다."

"그게 무슨 말씀이오?"

"형주는 곧 손권에게 돌려줘야 합니다. 그런데 익주까지 조조에게 빼앗기면 어찌 되겠습니까? 주공께서 익주를 차지해야 한나라를 바로 세울 터전이 생깁니다. 그러지 못하면 진짜 옳은 일을 하지 못합니다."

이 말을 듣고 유비는 자리에서 벌떡 일어났습니다.

"내가 작은 것만 생각하다가 정작 중요한 것을 놓칠 뻔

했군요."

유비는 제갈량을 불렀습니다.

"나는 방통 선생과 함께 익주로 가겠소. 공명 선생께서는 형주를 지키도록 하시오."

"잘 생각하셨습니다. 이곳은 아무 염려 마십시오."

제갈량은 크게 기뻐했습니다. 모든 일이 자기의 생각대로 되었기 때문입니다.

유비, 익주를 얻다

유장은 성도에서 멀지 않은 부성으로 가서 유비를 기다렸습니다. 마침내 유비가 오자 유장은 잔치를 벌였습니다.

"형님께서 오시니 조조도 두렵지 않습니다."

"형이 어찌 어려운 아우를 돕지 않겠소. 염려 마시오."

유장과 유비는 정답게 이야기를 나누었습니다. 밤이 깊어 잔치가 끝나자 유비는 진지로 돌아왔습니다. 방통이 기다리고 있다가 유비의 막사에 들어와 말했습니다.

"내일 잔치에 무사를 풀어 두겠습니다. 주공께서는 기회를 보아서 술잔을 던지십시오. 그러면 저희가 유장을 없애 버리겠습니다."

그러자 유비가 펄쩍 뛰었습니다.

"나를 믿는 사람에게 어떻게 그런 짓을 한단 말이오?"

그때 법정이 막사에 들어와 방통과 함께 유비를 설득했습니다.

"유황숙, 이 기회를 놓치지 마십시오. 장송도 저에게 비밀 편지를 보내, 어서 서둘러 부성에서 일을 도모하라고 했습니다."

"나는 하늘을 속이고 백성을 속이는 일은 할 수 없소."

유비는 세차게 머리를 흔들었습니다.

이튿날, 유장이 다시 잔치를 열고 유비를 초대했습니다. 유비와 유장이 한창 술을 마시고 있을 때 방통이 가만히 위연을 불렀습니다.

"앞에 나가 칼춤을 추어라. 그러다가 기회를 보아서 유장을 베라."

위연이 고개를 끄덕이며 칼을 빼들었습니다. 유비와 유장이 놀라서 위연을 바라보았습니다.

"제가 칼춤을 추어 두 분을 기쁘게 해 드리겠습니다."

위연은 이렇게 말하고 칼춤을 추기 시작했습니다. 방통과 병사들도 칼집에 손을 대고 있었습니다. 위연이 유장을 찌르면 한꺼번에 공격할 셈이었습니다. 그런데 이때 유장의 부하 장임이 벌떡 일어나 칼을 쑥 빼들고 앞으로 나섰습니다.

"저도 칼춤을 추어 두 분을 기쁘게 해 드리겠습니다."

위연의 행동을 수상하게 여긴 장임이 유장을 지키려고 나선 것입니다. 서로 눈을 부릅뜨고 칼춤을 추는 위연과 장임의 모습이 마치 서로 싸우는 것 같았습니다.

그 모습을 보고 유비가 벌떡 일어나며 칼을 뽑았습니다.

"이게 무슨 짓이냐? 칼을 버리지 않는 자는 목을 베겠다!"

유장도 칼로 상을 내리치며 큰 소리로 꾸짖었습니다.

"형제가 모인 자리에 칼을 들고 나서다니. 썩 물러가라!"

위연과 장임이 물러가자 유비가 다시 말했습니다.

"나와 유장군은 형제 사이다. 그러니 다시는 서로 의심하지 마라!"

여러 장수들이 머리를 조아렸습니다. 그러자 유장이 유비의 손을 잡고 눈물을 글썽이며 말했습니다.

"형님께서 이토록 저를 생각해 주시니 정말 고맙습니다."

유비도 유장의 손을 맞잡았습니다. 두 사람은 밤이 깊도록 술을 마시며 이야기를 나누었습니다.

한편, 강동의 손권은 유비가 익주로 떠났다는 소식을 듣고 크게 기뻐했습니다.

"지금이 바로 형주를 빼앗을 수 있는 좋은 기회다."

손권은 당장 형주로 쳐들어가라는 명령을 내렸습니다. 그런데 어머니 오국태가 그 말을 듣고 달려왔습니다.

"형주로 쳐들어가다니. 너는 동생이 죽어도 좋으냐?"

"그럼 누이를 이리로 불러오겠습니다."

손권은 이리저리 생각한 뒤에 주선이라는 장수를 불러서 유비 몰래 누이를 데려오라고 시켰습니다.

주선은 병사 오백 명을 장사꾼으로 변장시켜 배에 태웠습니다. 그리고 형주로 가서 남몰래 손부인을 찾아갔습니다.

"지금 강동의 어머니께서 위독하십니다. 어머니께서 부인을 몹시 보고 싶어하시니 어서 강동으로 가시지요."

주선은 손권이 거짓으로 쓴 편지를 내밀었습니다. 손부인은 편지를 읽고 눈물을 흘렸습니다.

"가겠어요. 익주에 계신 황숙께 허락을 받을게요."

"그러다 어머니께서 돌아가시면 어떻게 합니까?"

이 말에 손부인은 더욱 큰 소리로 울었습니다.

"그럼 황숙께는 나중에 말씀드리기로 하지요."

손부인은 유선과 함께 배에 올랐습니다.

그때 이 소식을 듣고 제갈량이 급히 조운을 불렀습니다.

"손권이 속임수를 써서 손부인을 모시고 갔소. 유선 도련님까지 데려갔으니 어서 가서 모시고 오시오."

"손부인은 강동으로 가도 되지만 도련님은 안 됩니다."

조운도 소스라치게 놀라며 강변으로 달려갔습니다. 주선의 배는 이미 저 멀리 떠나고 있었습니다.

"이를 어쩌나?"

조운이 발을 동동 구르는데 작은 배 한 척이 보였습니다. 조운은 병사들과 함께 그 배에 올라 주선의 배를 뒤쫓았습니다.

"부인께서는 잠깐 멈추십시오!"

"너는 누구인데 감히 손부인의 길을 막느냐!"

주선의 부하들이 화살을 쏘아 댔습니다. 조운은 창을 휘둘러 화살을 막았습니다.

조운이 탄 배가 주선의 배를 따라잡아 서로 맞닿을 정도가 되었습니다. 조운은 창을 내던지고 허리에 찬 청강검을 빼어 들었습니다. 청강검은 옛날 장판파에서 빼앗은 조조의 명검입니다.

조운은 주선의 배로 뛰어올라 청감검을 휘둘렀습니다.

"너희들이 상산의 호랑이 조자룡을 모르느냐?"

병사들이 벌벌 떨며 무기를 내던졌습니다. 조운은 손부인에게 다가갔습니다.

"부인께서는 왜 이렇게 몰래 떠나십니까?"

"어머니가 위독하다고 하는데 황숙께 알릴 시간이 없었어요."

"그러면 도련님은 두고 가십시오."

"내가 이 아이의 엄마인데 누구에게 맡긴단 말이에요?"

손부인이 소리 질렀지만 조운은 조금도 물러서지 않았습니다.

"저는 옛날 장판파 싸움에서 조조의 백만 대군을 물리치고 도련님을 구했습니다. 이번에도 도련님을 구하러 왔습니다."

조운은 손부인에게서 유선을 빼앗아 품에 안았습니다. 그리고 한칼에 주선을 쓰러뜨렸습니다.

손부인은 강동으로 돌아가 유선을 빼앗기고 주선이 죽은 일을 낱낱이 손권에게 일러바쳤습니다.

"누이가 돌아왔으니 유비와 나는 이제 남이다."

손권은 형주를 차지할 궁리에 몰두했습니다.

"유비는 아직도 익주에 있소. 이 틈을 노려 형주를 빼앗는 게 어떻겠소?"

"좀 더 기다리십시오. 편지 두 장이면 유비를 꼼짝달싹 못하게 할 수 있습니다."

장소가 말했습니다.

"주공께서는 먼저 유장에게 편지를 보내서 유비가 익주를 노리고 있다고 겁을 주십시오. 그러면 유장은 유비를 의심하여 서로 싸우게 될 것입니다."

"다음 편지는 무엇이오?"

"한중의 장로에게 어서 유비를 공격하라고 부추기는 겁니다."

손권의 편지를 읽은 장로는 바짝 약이 올랐습니다.

"익주를 유비에게 빼앗길 수는 없지. 익주는 내 땅이야."

하지만 장로는 유비가 두려워서 감히 쳐들어가지 못하고 기회만 엿보았습니다.

그때 익주에 있는 가맹관에 머물던 유비에게 제갈량이 보낸 심부름꾼이 찾아왔습니다.

"지금 조조의 사십만 대군이 강동으로 쳐들어왔다고 합

니다. 공명 선생께서는 강동을 도와야 한다고 말씀하셨습니다."

그러나 제갈량은 조조의 군사가 손권의 군사와 두 달 가까이 싸우다가 허도로 되돌아간 줄을 모르고 있었습니다.

"강동이 조조의 손에 들어가면 형주도 위험하겠구나."

유비는 놀라서 방통과 의논했습니다.

"우리가 손권을 도와야 하지 않겠소?"

"마땅히 그래야지요. 조조의 군사가 사십만이나 되니 유장에게 군사와 군량을 빌리십시오."

유비는 유장에게 사만의 군사와 십만 섬의 군량을 빌려 달라는 편지를 썼습니다.

유장은 편지를 받고 망설였습니다. 아랫사람들도 한결같이 반대했습니다.

"손권의 말을 잊으셨습니까? 유비는 우리 땅을 노리니 도와주어서는 안 됩니다."

"하지만 유비가 나를 돕고 있으니 도와주는 시늉이라도 해야 하지 않겠소?"

유장은 유비에게 늙은 병사 사천 명과 쌀 일만 섬을 보냈습니다.

"고작 늙은 병사 사천 명에 쌀 일만 섬을 보냈다고? 내가 저를 도왔는데 어찌 이럴 수 있단 말이냐!"

화가 난 유비가 방통에게 말했습니다.

"유장은 은혜를 모르는 사람이오. 그런 사람에게 익주를 맡겨 둘 수 없소."

방통은 한동안 생각에 잠겼다가 입을 열었습니다.

"저에게 익주 땅을 빼앗을 작전이 있습니다."

"그 작전이 무엇이오?"

"형주로 돌아간다고 해 놓고 부성을 빼앗은 다음 성도로 쳐들어가는 것입니다."

유비가 방통의 작전에 찬성했습니다.

"그러면 당장 주공께서 유장에게 형주로 돌아간다고 편지를 쓰십시오."

유비는 거짓 편지를 써서 유장을 안심시켜 놓고, 곧장 군사를 이끌고 가 부성을 차지했습니다. 이를 뒤늦게 안 유장은 깜짝 놀랐습니다.

"과연 손권의 말이 맞았군!"

유장은 서둘러 네 장수와 오만의 군사를 낙성으로 보냈습니다. 낙성은 부성에서 성도로 오는 길목에 있는 성입니

다. 두 장수는 성안으로 들어가고, 두 장수는 성 밖에 따로 진지를 세웠습니다.

유비는 황충과 위연을 낙성으로 보냈습니다.

"익주 땅을 차지하는 일이 그대들에게 달려 있다. 어서 가서 낙성 밖에 있는 유장의 진지를 공격하라."

"주공께서는 잠시만 기다리고 계십시오."

황충과 위연이 우렁차게 대답하고 낙성으로 달려갔습니다. 황충은 한 장수의 머리를 베고, 위연은 또 다른 장수를 사로잡았습니다.

유장은 낙성에서 유비에게 패했다는 소식을 듣고 두려움에 떨었습니다. 그때 유장의 큰아들 유순이 나섰습니다.

"제가 나가서 유비를 무찌르겠습니다."

유순은 낙성으로 들어가서 성문을 굳게 닫고 유비가 오기만을 기다렸습니다. 그런데 이때 한중에 있던 장로가 가맹관으로 쳐들어오고 있었습니다. 유비는 유장과 장로에게 앞뒤로 길이 막혀 어쩔 줄을 몰랐습니다.

이때 맹달이 유비를 찾아왔습니다.

"저는 익주 지리를 잘 압니다. 제가 가맹관으로 가서 장로를 막아 내겠습니다."

유비는 기뻐하며 맹달을 가맹관으로 보냈습니다. 그러고는 낙성을 빼앗을 궁리를 하는데, 그때 마침 형주에서 백미 선생 마량이 찾아왔습니다.

마량은 유비에게 편지 한 통을 내밀었습니다. 제갈량이 쓴 편지였습니다. 점을 쳐 보니 나쁜 일이 생길 것 같다는 내용이었습니다.

"좋지 않은 일이 일어날 테니 형주로 돌아가야겠소."

유비가 근심스런 얼굴로 말했지만 방통은 다른 생각을 했습니다.

'내가 익주 땅을 차지해 큰 공을 세우는 것을 시샘해 공명이 일부러 글을 보내어 막는구나. 하지만 지금이 익주 땅을 차지할 다시없는 좋은 기회야. 여기서 물러설 수는 없어.'

방통은 유비에게 단호하게 말했습니다.

"그런 미신은 믿지 마십시오. 조금만 더 싸우면 익주가 곧 우리 땅이 됩니다."

유비는 내키지는 않았지만 방통의 말에 따르기로 했습니다.

이튿날, 날이 밝자 유비는 장수들을 불러 모았습니다.

"오늘 우리는 낙성을 공격하러 간다. 위연은 방통 선생을 모시고 산길로 가라. 황충은 나와 함께 큰길로 간다."

유비는 군사를 두 무리로 나누었습니다. 그런데 각자의 길로 막 떠나려 할 때 방통이 탄 말이 갑자기 날뛰어 방통을 땅에 떨어뜨렸습니다.

"조심하시오."

유비가 놀라 말에서 뛰어내렸습니다.

"이런 말은 위험하니 온순한 제 말을 타십시오."

유비는 자기가 타던 백마를 방통에게 주고, 자기는 방통의 말에 올라탔습니다. 이윽고 두 사람은 헤어져서 길을 떠났습니다.

한편, 낙성에 있는 유장의 큰아들 유순은 장수들과 싸울 일을 의논했습니다. 장임이라는 장수가 말했습니다.

"낙성 남쪽에 작은 산길이 하나 있습니다. 아무래도 유비가 그곳으로 올 것 같으니 제가 나가서 지키겠습니다."

장임은 군사 삼천을 거느리고 남쪽 산길로 가서 숨었습니다. 얼마 뒤 위연이 군사를 거느리고 나타났습니다.

"모두 숨을 죽여라. 위연을 보낸 다음 뒤에서 공격하자."

장임의 부하들은 숲 속으로 흩어져 엎드렸습니다. 위연

이 앞장서서 산길을 지나갔습니다. 그 뒤로 방통이 백마를 타고 나타났습니다.

"저 말은 유비가 타는 말입니다."

"그렇다면 저 사람이 유비구나. 유비가 가까이 오거든 화살을 퍼부어라."

장임의 말에 병사들이 화살을 뽑아 겨냥했습니다. 방통은 아무것도 모르고 좁은 산길을 서둘러 오고 있었습니다.

"언덕에 적이 숨어 있을 것 같다. 여기가 어디냐?"

방통이 한 병사에게 물었습니다.

"낙봉파라고 합니다."

병사가 대답하자 방통이 소스라치게 놀랐습니다.

"뭐라고? 낙봉파라면 '봉황이 떨어진 언덕'이라는 뜻이 아니냐?"

사람들은 방통을 봉추 선생이라고도 부릅니다. 그런데 '봉추'는 '어린 봉황'이라는 뜻입니다. 방통은 낙봉파가 어쩐지 꺼림칙했습니다.

"병사들은 잠깐 뒤로 물러나라!"

방통은 병사들의 말을 돌려세웠습니다. 바로 그때 숲 속에서 함성이 일어나며 화살이 빗발치듯 날아왔습니다.

"으으윽!"

방통은 온몸에 수많은 화살을 맞고 말에서 떨어져 목숨을 잃고 말았습니다. 그때 방통의 나이는 겨우 서른여섯이었습니다.

뒤이어 길을 가던 유비 일행도 장임의 부하들에게 포위되었다가 겨우 포위를 뚫고 부성으로 되돌아갔습니다.

유비는 성에 와서야 방통이 죽은 걸 알았습니다.

"내가 산길로 갔어야 했는데, 으흐흐흑……."

유비는 그대로 주저앉아 땅을 치며 울었습니다. 장수들도 따라 울었습니다. 유비는 급히 제갈량에게 편지를 썼습니다. 형주에 있던 제갈량은 편지를 읽고 뜨거운 눈물을 흘렸습니다.

"봉추가 이렇게 빨리 죽다니!"

관우와 장비도 눈물을 흘렸습니다.

"어서 익주로 달려가 주공을 도와야겠소."

제갈량은 유비가 주고 간 장군 도장을 꺼냈습니다.

"관우 장군이 남아서 나 대신 형주를 지키시오."

"제가 목숨을 바쳐 지키겠습니다."

관우가 머리를 숙였습니다.

제갈량은 마량, 이적, 미축 그리고 관평, 주창도 형주에 남도록 했습니다. 그리고 장비와 조운에게 말했습니다.

"장비 장군은 육군을 이끌고 낙성으로 가시오. 나는 조운 장군과 함께 배로 가겠소. 자, 어서 서둘러 떠납시다."

제갈량은 조운과 함께 배를 타고 떠났습니다.

한편, 부성 앞에서는 장임이 매일같이 유비에게 싸움을 걸어왔습니다.

"겁쟁이 유비야, 어서 나와서 나하고 겨루자!"

유비는 성문을 굳게 닫고 싸우지 않았습니다.

며칠 뒤 제갈량이 보낸 편지를 받은 유비가 말했습니다.

"공명 선생이 장비와 조운을 앞세우고 이리로 떠났다는구려. 모두 낙성에서 모이자고 하니 우리도 이제 나가 싸웁시다."

이 말에 황충이 앞으로 나섰습니다.

"그동안 우리가 성만 지키고 있어 장임이 마음을 놓고 있을 것입니다. 오늘 밤 쳐들어가면 크게 이길 수 있습니다."

"맞소. 오늘 밤에 장임의 진지를 공격합시다."

밤이 깊어지자 황충과 위연은 두 길로 나누어 장임에게 달려들었습니다. 유비도 병사를 거느리고 가운데 길로 공격했습니다.

마음 놓고 편히 자고 있던 장임의 군사는 유비의 군사가 세 갈래로 쳐들어오자 놀라서 낙성으로 달아났습니다. 유비는 군사를 이끌고 낙성까지 쫓아가 성을 포위했습니다. 이번에는 장임이 성문을 닫아걸었습니다.

날이 저물어 유비가 물러가려는데 큰 함성이 일어나며 지금껏 성을 지키고 있던 장임의 군사가 달려 나왔습니다. 지쳐서 돌아가던 유비 군사는 놀라서 이리저리 흩어졌습니다.

"유비가 저기 있다!"

장임이 유비를 뒤쫓았습니다. 유비는 혼자서 산길로 도망쳤습니다. 뒤를 보니 장임이 바싹 다가와 있었습니다. 바로 그때 또 한 떼의 군사가 유비의 앞을 가로막으며 나타났습니다.

"앞뒤로 적이 가로막으니 이제 나는 죽었구나!"

유비는 하늘을 우러러보며 중얼거렸습니다. 그런데 앞에서 군사를 이끌고 오던 장수가 소리쳤습니다.

"형님, 장비가 여기 왔소. 잠깐만 기다리시오."

장비는 장팔사모를 휘두르며 장임에게 달려들었습니다.

장임이 십여 차례를 싸우다가 달아났습니다. 장임은 낙성 안으로 들어가 성문을 굳게 닫았습니다.

유비는 장비를 얼싸안으며 기뻐했습니다.

"빨리 와 줘서 고맙네. 아우가 없었다면 난 죽은 목숨일 걸세."

장비는 유비와 함께 흩어진 병사들을 불러 모았습니다. 유비는 낙성 가까이에 진지를 세우고 머물렀습니다.

이튿날, 조운과 제갈량이 도착했습니다. 유비가 그동안 싸운 이야기를 하자 제갈량이 말했습니다.

"아무래도 장임을 사로잡아야 이길 수 있겠습니다."

제갈량은 황충과 위연을 불렀습니다. 먼저 위연에게 말했습니다.

"오다가 보니까 낙성 동쪽에 있는 다리 건너편에 갈대밭이 있었소. 위연은 창을 든 병사들을 거느리고 갈대밭 왼쪽에 숨었다가 말에 탄 적들만 마구 찌르시오."

제갈량이 이번에는 황충에게 명령했습니다.

"황충은 칼을 든 병사들과 함께 갈대밭 오른쪽에 숨어 있다가 적들이 탄 말의 다리만 찍어 넘어지게 하시오."

제갈량은 장비에게도 명령을 내렸습니다.

"다리 건너 산길에 숨어 있다가 장임을 사로잡으시오."

마지막으로 제갈량은 조운에게 명령을 내렸습니다.

"조장군은 다리 옆에서 기다리고 있다가 장임이 지나가면 다리를 불태우시오."

제갈량은 백여 명의 병사를 이끌고 수레에 올랐습니다. 그리고 곧장 낙성으로 향했습니다.

장임은 성문 위에서 제갈량이 오는 것을 보았습니다. 거느린 부하가 겨우 백여 명인 것을 보자 힘이 솟았습니다.

"이 기회에 제갈공명을 사로잡자."

장임이 소리치며 달려들자 제갈량은 병사를 이끌고 동쪽 다리를 건너 도망쳤습니다. 장임이 제갈량을 바싹 뒤쫓았습니다. 제갈량은 더욱 빨리 달아났습니다.

"아무래도 이상하다. 속임수를 부리는 것 같으니 모두 돌아가자."

장임이 돌아가려는데 갑자기 조운이 다리를 불태우고 달려들었습니다. 장임은 놀라서 갈대밭 쪽으로 달아났습니다.

장임이 막 갈대밭으로 뛰어들자 왼쪽에서 위연의 군사가 튀어나왔습니다. 위연의 군사는 창으로 말에 탄 장임의 병사들을 마구 찔렀습니다. 오른쪽에서는 황충의 군사가 나타나 칼로 말의 다리를 마구 찍었습니다. 한순간에 말과 병사들이 나뒹굴었습니다.

장임은 혼자서 도망쳐 산길로 달렸습니다.

"장임아, 어디로 도망치느냐!"

장비가 앞을 가로막으며 달려 나왔습니다. 장임이 깜짝 놀라 멈춰 서자 장비의 병사들이 달려들어 꽁꽁 묶어 버렸습니다.

이윽고 유비의 막사 안에 장임이 끌려왔습니다.

유비가 큰 소리로 물었습니다.

"그대는 내게 항복하겠느냐?"

장임은 눈을 부릅뜨고 소리쳤습니다.

"충신이 어찌 두 주인을 섬기겠느냐? 어서 빨리 나를 죽여라!"

유비는 망설였습니다. 그러자 곁에 있던 제갈량이 손짓으로 장임을 죽이라고 명령했습니다. 장임은 밖으로 끌려 나가 처형되었습니다.

유비는 병사들을 시켜 햇볕이 잘 드는 곳에 장임을 묻어 주었습니다. 장임이 죽자 낙성을 지키던 유순은 성도로 도망쳤고, 나머지 장수와 병사들은 유비에게 항복했습니다.

이렇게 익주 땅은 성도와 한중을 빼고 모두 유비의 차지가 되었습니다.

한편, 한중의 장로는 익주 땅을 차지하고 왕이 되고 싶었지만 여전히 유비가 두려웠습니다. 게다가 유비가 보낸 맹달이 가맹관을 굳게 지키고 있었습니다.

장로는 곁에 용맹한 장수가 없는 것을 늘 아쉬워했습니다. 그런데 좋은 기회가 찾아왔습니다. 오래전에 조조에게 어이없이 지고 도망쳤던 마초가 한중으로 온 것입니다.

"장군께서 저를 받아 주시면 목숨 바쳐 따르겠습니다."

장로는 뛸 듯이 기뻐하며 마초를 부하로 삼았습니다. 그때 장로에게 성도의 유장이 보낸 편지가 도착했습니다. 자기를 도와서 유비와 싸우면 익주 땅 스무 고을을 주겠다는 편지였습니다.

장로는 곧 마초에게 가맹관으로 쳐들어가라고 했습니다. 마초는 장로의 명령을 받들어 군사를 거느리고 가맹관으로 달렸습니다.

가맹관을 지키던 맹달이 얼른 낙성의 유비에게 편지를 보냈습니다. 유비와 제갈량은 깜짝 놀랐습니다.

"마초라면 조조를 혼내 준 용맹한 장수가 아니오?"

근심에 찬 유비의 말에 제갈량이 대책을 내놓았습니다.

"마초를 이길 사람은 장비밖에 없습니다."

제갈량은 장비를 가맹관으로 보냈습니다. 유비는 그래도 마음이 놓이지 않아 군사를 거느리고 장비를 뒤따랐습니다.

장비가 가맹관에 이르자 마초가 기다렸다는 듯이 달려 나왔습니다. 마초는 은빛 갑옷을 입고 손에는 긴 쇠줄 무기를 들고 있었습니다. 유비가 마초를 보고 감탄했습니다.

"우리에게 저런 장수가 있다면 얼마나 좋을까!"

장비가 이 말을 듣고 불끈 화를 냈습니다.

"내가 저놈을 단번에 물리쳐 버리겠소."

장비는 장팔사모를 꼬나들고 달려 나갔습니다.

"마초야, 내가 누군지 아느냐?"

"너 같은 촌놈을 내가 어찌 알겠느냐?"

마초와 장비가 맞서 싸우기 시작했습니다. 두 장수는 백여 차례나 싸웠지만 쉽게 승부가 나지 않았습니다.

유비는 징을 쳐서 장비를 불렀습니다.

"공명 선생을 불러서 마초를 사로잡는 게 좋겠다."

그런데 심부름꾼이 떠나기도 전에 벌써 제갈량이 달려 왔습니다.

"아니, 선생께서 어쩐 일이오?"

"장비와 마초가 싸우면 한 사람은 죽습니다. 아까운 장 수를 잃을 수는 없지요. 제가 마초를 항복시키려고 달려왔 습니다."

"내 마음과 같군요. 무슨 좋은 생각이라도 있습니까?"

"장로는 왕이 되고 싶어합니다. 우선 주공이 익주를 차지 하면 황제 폐하께 말씀드려 왕으로 만들어 주겠다고 하십 시오. 그러면 장로는 반드시 마초를 불러들일 것입니다."

유비는 고개를 끄덕이고 곧바로 장로에게 편지를 썼습 니다.

제갈량이 말했습니다.

"장로의 부하 양송이 재물을 좋아합니다. 양송에게 편지 와 황금을 같이 보내십시오."

유비는 아랫사람 손건에게 금덩어리와 편지를 주어 양 송에게 보냈습니다. 양송은 금덩어리를 보자 매우 기뻐했 습니다.

"내가 가서 장로 장군을 잘 설득해 보겠소."

양송은 장로에게 유비의 편지를 내밀며 아첨을 떨었습니다.

"유황숙이 익주를 차지하면 장군을 한중왕으로 만들어 주겠답니다. 유비는 황제의 친척이니 믿을 수 있습니다."

장로는 기뻐하며 양송이 아첨하는 말을 그대로 믿었습니다.

"그럼 더 이상 유비와 싸울 필요가 없으니 마초를 불러들여야겠군."

장로는 마초에게 돌아오라는 명령을 내렸습니다.

"장수가 한번 싸우러 나갔으면 반드시 이기고 돌아가야 합니다."

장로가 두 번이나 더 사람을 보냈지만 마초는 말을 듣지 않았습니다. 그러자 양송이 장로에게 말했습니다.

"아무래도 마초가 장군을 배신하려는 것 같습니다."

"뭐라고? 마초 이놈을 그냥 둬서는 안 되겠다!"

장로는 마초를 잡으려고 한중으로 돌아오는 길을 모조리 막았습니다. 그러자 마초는 그만 갈 곳이 없어지고 말았습니다. 이 소식을 들은 제갈량은 무릎을 쳤습니다.

'이제 말만 잘 하면 마초를 데려올 수 있겠구나.'

제갈량은 말 잘하는 이회에게 마초를 잘 설득해서 데려 오라고 했습니다.

이회를 만난 마초는 의심에 가득 찬 눈으로 물었습니다.

"왜 왔소? 수작을 부리면 내 칼이 절대 용서하지 않을 것 이오."

"장군은 이제 어디로 가시겠소? 아버지를 죽인 조조에 게 가시겠소, 장군을 미워하는 장로에게 가시겠소?"

이회의 말이 다 옳아서 마초는 할 말을 잃었습니다.

"장군의 아버지와 우리 주공 유황숙은 예전에 역적 조조 를 죽이려고 뜻을 같이했었소. 그러니 당연히 아버지의 친구인 유황숙을 도와서 조조에게 원수를 갚아야 하지 않 겠소?"

마초는 비로소 고개를 끄덕였습니다.

"그 말씀이 옳습니다. 제가 그동안 생각이 짧았습니다."

마초는 사촌 동생 마대와 함께 유비에게 항복하러 갔습 니다. 그때 마초가 아끼는 장수 방덕은 장로에게 그대로 있었습니다.

제갈량이 마초를 보고 달려 나왔습니다.

"호랑이 같은 마장군을 만나니 참으로 기쁘오."

"저를 받아 주시니 정말 고맙습니다. 당장 유장을 항복시켜 은혜를 갚겠습니다."

마초는 곧 군사를 이끌고 성도로 달려갔습니다. 제갈량과 유비가 그 뒤를 따랐습니다.

"마초가 왔으니 어서 성문을 열어라!"

유장은 마초를 보자 얼굴이 환해졌습니다. 마초가 유비에게 항복한 줄을 모르고 있던 유장은 마초가 자기를 도우러 온 줄 알았습니다.

마초가 유장에게 소리쳤습니다.

"나는 이미 유황숙께 항복했으니 장군도 어서 항복하시오. 그러지 않으면 내가 성을 빼앗겠소."

마초의 말에 유장은 너무나 놀란 나머지 정신을 잃고 쓰러졌습니다. 얼마 지난 뒤에 유장은 겨우 깨어나서 말했습니다.

"그만 항복하고 백성들이라도 구해야겠소."

유장의 말에 부하들이 모두 눈물을 흘렸습니다.

이튿날, 유장은 유비를 찾아가 장군 도장을 바쳤습니다.

"부디 어진 마음으로 백성들을 잘 다스려 주십시오."

유장이 참지 못하고 눈물을 흘렸습니다. 유비도 눈물을

글썽였습니다.

"한나라를 위해 한 일이니 용서하시오."

유비는 유장을 일으켜 세웠습니다. 두 사람은 나란히 성 도성으로 들어갔습니다.

"유황숙 만세!"

백성들이 거리로 몰려나와 만세를 부르며 유비를 맞이했습니다.

유비는 하늘을 우러러보며 중얼거렸습니다.

"이제야 한나라를 바로 세울 기틀을 마련했구나."

유비의 눈앞에 헌제 황제의 얼굴이 어른거렸습니다.

마침내 성도까지 차지한 유비는 이제 넓은 익주 땅과 형주 땅을 한꺼번에 다스리게 되었습니다.

조조, 위왕이 되다

　손권은 유비가 익주를 차지했다는 소식을 듣고, 유비의 힘이 날로 커지는 게 두렵고도 분했습니다.

　'유비가 익주를 차지하면 형주를 돌려준다고 했겠다?'

　손권은 옛 약속을 생각해 내고 제갈량의 형 제갈근을 불러 말했습니다.

　"유비에게 가서 약속대로 형주를 돌려달라고 하시오."

　제갈근이 성도로 가서 이 말을 전하자 유비는 얼굴을 찌푸렸습니다.

　"손권 장군은 내 부인을 제멋대로 데리고 갔소. 그리고도 형주 땅을 달란 말이오? 당장 돌아가시오!"

유비는 제갈근을 내보내고 제갈량을 불렀습니다.

"공명 선생의 형님이 형주를 돌려받으려고 오셨기에 내 먼저 거짓으로 화를 냈습니다. 이제 어떻게 하면 좋겠소?"

"조조를 물리치기 전까지는 손권과 친하게 지내야 합니다. 주공께서는 형주 땅의 절반을 손권에게 주는 척하십시오. 그 다음은 관우 장군이 잘 처리할 것입니다."

유비는 다시 제갈근을 불렀습니다.

"손권 장군도 잘못한 게 있으니 세 고을만 돌려주겠소. 내가 관우에게 세 고을을 내주라는 편지를 써 줄 테니 가져가 보시오."

제갈근은 그것만으로도 고마웠습니다. 제갈근은 유비가 써 준 편지를 들고 형주로 달려갔습니다. 그런데 관우는 유비의 편지를 읽고도 고개를 가로저었습니다.

"형주는 한나라의 땅이니 한 고을도 내줄 수 없소."

"황숙께서도 이미 허락하시지 않았소?"

"그래도 나는 줄 수 없소. 당장 돌아가시오!"

제갈근은 아무 말도 하지 못하고 강동으로 돌아갔습니다. 손권은 제갈근의 말을 듣고 화가 머리끝까지 올라서 당장 형주로 쳐들어가려고 했습니다.

노숙이 놀라서 손권을 말렸습니다.

"기다리십시오. 제가 형주를 돌려받겠습니다."

"어떻게 말이오?"

"거짓 잔치를 열고 관우를 초대해서 사로잡는 것입니다. 관우를 인질로 삼으면 형주를 돌려받을 수 있습니다. 관우가 잔치에 오지 않거든 그때 싸워도 늦지 않지요."

손권이 허락하자 노숙은 장강 부근의 육구로 갔습니다.

노숙은 육구의 정자에서 잔치를 열고 관우를 초대했습니다. 관우는 기꺼이 초대에 응했습니다.

양아들 관평은 관우를 말렸습니다.

"아무래도 속임수 같습니다."

"그깟 두려움 때문에 가지 않는단 말이냐? 내가 가지 않으면 사람들의 비웃음을 살 것이다."

"그러면 제가 아버지를 모시겠습니다."

"아니다. 너는 나중에 나루터에서 나를 기다려라."

이튿날, 관우는 배 한 척에 하인 서넛만 태우고 육구로 떠났습니다. 하인 한 사람이 청룡도를 들고 관우를 바싹 뒤따랐습니다. 이때 노숙은 모든 채비를 갖추고 관우를 기다리고 있었습니다. 정자 주위에는 무사 수십 명을 숨겨 두었습니다.

이윽고 관우가 도착하자 노숙이 반갑게 맞이해 정자 안으로 이끌었습니다. 노숙이 먼저 술을 권했습니다.

"황숙께서 익주를 다스리게 되신 걸 축하드립니다."

"고맙습니다."

두 사람은 술을 마시며 이야기를 나누었습니다.

"황숙께서 익주를 차지했으니 이제 형주를 우리에게 돌려주시지요."

"그런 말씀은 나중에 합시다."

"황숙께서 이미 세 고을을 주시기로 했는데 장군은 왜 돌려주지 않소?"

"형주는 한나라 땅이니 아무에게도 줄 수 없소!"

관우는 버럭 소리를 지르다가 정자 주위에 숨어 있는 무사들을 보았습니다. 관우는 재빠르게 하인이 들고 있던 청룡도를 건네받았습니다.

"선생, 다음에는 내가 초대할 테니 그때 이야기하지요."

관우는 일부러 기분 좋게 웃으며 노숙의 팔을 끌고 강변으로 갔습니다. 무사들은 노숙이 다칠까 봐 아무도 덤비지 못했습니다. 나루터에는 관평이 병사들과 함께 배를 대고

기다리고 있었습니다. 그제야 관우는 노숙의 팔을 놓고 배에 오르며 말했습니다.

"오늘 잘 먹었습니다. 다음에 또 뵙지요."

노숙은 얼이 빠져 멍하니 바라보기만 했습니다.

한편, 조조는 오랫동안 허도에서 쉬었습니다. 여러 번 전쟁에서 이기지 못하고 지쳤기 때문입니다. 조조는 전쟁을 하지 않는 대신 인재를 모으고 군사를 늘리는 데 힘을 쏟았습니다. 그사이 유비가 익주를 차지한 것을 알았습니다.

"내가 쉬니까 유비 이놈이 분수도 모르고 날뛰는구나. 내 곧 유비를 쳐부수어야겠다."

조조는 힘이 커진 유비를 물리칠 궁리를 했습니다. 이러한 조조에게 아랫사람들은 아첨을 떨기에 바빴습니다.

"이제는 승상께서 왕이 되어야 합니다."

"백성들도 승상께서 왕이 되기를 바라고 있습니다."

조조도 욕심이 생겼습니다. 아직 황제는 아니더라도 황제 다음인 왕이라도 되고 싶었습니다.

조조는 날이 갈수록 거만해졌습니다. 헌제 황제 앞에서 칼을 차고 다니는가 하면, 마치 황제를 아랫사람 대하듯이 했습니다. 조조의 부하들도 황제를 협박했습니다.

"폐하, 하루 빨리 조승상을 왕으로 올려 주십시오."

"생각해 보겠소."

"언제까지 생각만 하시겠단 말입니까?"

"……."

황제는 마음속에 노여움이 가득했지만 겉으로 드러내 보일 수 없었습니다.

황제는 자기 부인인 복황후에게 조조가 왕이 되려고 하는 사실을 이야기해 주었습니다. 복황후는 황제보다 더 크게 노여워했습니다.

"폐하의 자리까지 탐내기 전에 조조를 막아야 해요."

복황후는 자기가 나서서라도 조조를 죽이고 싶었습니다. 복황후는 내시를 시켜 아버지 복완에게 조조를 내쫓아 달라는 편지를 보냈습니다.

편지를 받은 복완은 이리저리 궁리해 보았습니다.

'나 혼자선 힘들어. 익주의 유황숙에게 도움을 청하자.'

복완은 자기의 생각을 답장으로 써서 내시에게 주었습니다. 내시는 복완의 편지를 모자 속에 감추고 궁궐로 돌아갔습니다.

내시는 궁궐 문을 들어서다가 조조와 딱 마주쳤습니다.

내시는 저도 모르게 놀란 낯빛으로 몸을 움츠렸습니다. 조조는 자기를 보고 깜짝 놀라는 내시가 수상했습니다.

"저 내시의 몸을 뒤져 보아라!"

조조의 부하들이 달려들어 내시의 몸을 뒤졌습니다. 그러나 아무것도 나오지 않았습니다.

"어서 썩 물러가거라."

조조가 내시에게 소리쳤습니다. 하필 그때 갑자기 거센 바람이 불어 내시의 모자가 홀랑 벗겨지고 말았습니다. 모자 속에 숨겼던 편지도 땅에 떨어졌습니다.

"아니, 저게 뭐냐?"

조조는 내시에게서 편지를 빼앗아 읽어 보았습니다.

"아니, 이놈들이 감히 나를 죽이려 하다니!"

조조는 화가 치밀어 온몸을 부들부들 떨었습니다. 조조는 복완과 그 가족들을 모조리 붙잡아 죽이고, 복황후까지 죽여 버렸습니다.

복황후가 세상을 떠나자 황제는 슬퍼서 밥도 먹지 않았습니다. 그 소식을 듣고 조조가 찾아왔습니다.

"복황후는 죄인이라 죽였습니다. 황후가 없으니 제 딸을 새 황후로 삼으십시오."

황제는 조조가 두려워서 시키는 대로 따랐습니다. 조조의 권세는 날로 커져 갔고, 욕심은 끝이 없었습니다.

하루는 조조가 아랫사람들을 불러 놓고 물었습니다.

"유비를 물리쳐야 할 텐데 어떻게 하면 좋겠소?"

그러자 가후가 대답했습니다.

"유비는 지금 한중을 차지하려고 할 것입니다. 한중은 군사를 두고 싸우기에 매우 좋은 곳입니다. 그러니 승상께서 먼저 장로와 싸워 한중을 빼앗고 성도로 나아가셔야 합니다."

가후의 말에 조조는 고개를 끄덕였습니다.

마침내 조조가 군사를 이끌고 익주의 북쪽 한중으로 떠났습니다. 이제 조조와 유비의 싸움터는 형주에서 익주로 바뀌었습니다.

조조는 한중으로 가는 길목에 있는 양평관 근처에 이르렀습니다. 양평관은 장로의 군사가 지키고 있었습니다.

"양평관만 지나면 곧바로 한중이니, 양평관을 반드시 빼앗아야 한다."

조조는 앞장서서 군사를 이끌었습니다. 그런데 산이 높고 숲이 울창해서 도저히 길을 찾을 수 없었습니다.

"이러지 말고 그냥 돌아가자."

그러자 장수들이 그 까닭을 물었습니다.

"길도 모르는데 어떻게 앞으로 나아가 싸우겠느냐? 우리가 돌아가면 반드시 적이 뒤쫓을 것이다. 그때 적을 포위하고 공격하자."

조조는 하후연과 장합을 따로 불렀습니다.

"두 사람은 군사를 거느리고 숲 속에 숨어 있다가 뒤에서 적을 공격해라."

조조가 군사를 이끌고 물러나자 양평관을 지키던 장로의 장수들이 좋아했습니다.

"조조도 별 수 없이 물러가는구나. 이때 뒤를 치면 큰 승리를 거둘 수 있다."

장로의 병사들은 앞다투어 달려 나갔습니다. 그럴수록 조조는 더욱 서둘러 도망쳤습니다. 장로의 병사들은 양평관에서 모조리 몰려나와 조조를 뒤쫓았습니다.

그사이 숲 속에 숨어 기회를 엿보던 하후연과 장합이 양평관을 차지해 버렸습니다. 그리고 조조를 쫓는 장로의 군사를 뒤에서 공격했습니다.

"모두들 꼼짝 말고 항복해라!"

이때 도망가는 척하던 조조가 군사를 이끌고 되돌아왔습니다. 장로의 군사는 앞뒤로 포위당하자 뿔뿔이 흩어졌습니다.

양평관을 차지한 조조는 이제 한중을 빼앗을 작전을 짰습니다.

"장로의 부하 양송은 재물에 눈이 먼 사람이다. 내가 양송을 이용해서 장로에게 항복을 받아 내겠다."

조조는 제갈량이 마초를 자기편으로 만들 때와 같은 작전을 생각해 냈습니다. 조조는 한 병사에게 편지와 함께 황금으로 만든 갑옷을 주며 말했습니다.

"이것을 양송에게 갖다 주어라."

병사가 양송에게 달려갔습니다. 양송은 조조가 보낸 갑옷을 보자 좋아서 어쩔 줄 몰라 했습니다.

"승상께서 시키는 일은 무엇이든 하겠다고 말씀드려라."

병사는 양송의 말을 조조에게 전했습니다. 조조는 손뼉을 치며 좋아했습니다.

조조는 군사를 이끌고 달려가서 한중성을 겹겹으로 둘러쌌습니다.

"사다리를 성벽에 걸고 공격하라!"

조조의 명령에 따라 병사들이 긴 사다리로 성벽을 기어 오르기 시작했습니다. 성 위에 있던 장로의 병사들이 맞섰지만, 수가 많은 조조의 군사를 막아 낼 수 없었습니다.

장로는 놀라서 아랫사람들과 의논했습니다.

"이제 어떻게 하는 것이 좋겠소?"

"곳간을 불살라 버리고 산으로 피하는 게 좋겠습니다."

양송이 기다렸다는 듯이 대답했습니다. 장로는 고개를 가로저었습니다.

"곳간의 곡식은 백성의 것. 함부로 불태워서는 안 되오."

장로는 곳간의 문을 단단히 못질하게 하고, 가족과 부하를 이끌고 성문을 나와 산으로 도망치려고 했습니다. 그러나 성 밖엔 이미 조조의 군사가 쫙 깔려 있었습니다. 장로는 안 되겠다 싶어 다시 성문으로 달려갔습니다.

"어서 성문을 열어라!"

그런데 성문 위에 양송이 나타나 껄껄 웃었습니다.

"장로야, 나는 성을 조조 승상께 바치기로 했다. 너도 그만 항복해라."

장로는 분해서 이를 갈았습니다. 그때 조조가 달려오며 소리쳤습니다.

"장로야, 어서 항복하지 않고 무얼 하느냐!"

앞뒤로 포위된 장로는 마침내 조조에게 붙잡혔습니다. 조조는 밧줄에 묶여 끌려 나온 장로에게 물었습니다.

"왜 곳간을 불태우지 않고 그대로 두었느냐?"

"그것은 백성의 것이라 함부로 불태우지 못하게 했소."

장로가 당당하게 대답했습니다.

"이제 보니 그대는 훌륭한 사람이구려."

조조는 장로를 묶은 밧줄을 풀어 주었습니다. 장군 벼슬도 내리고 예전처럼 한중을 다스리도록 했습니다. 그러나 양송은 끌어내 목을 치라고 부하들에게 명령했습니다.

양송이 놀라서 조조에게 물었습니다.

"목숨을 걸고 승상을 도왔는데 왜 이러십니까?"

"너는 재물에 눈이 멀어 주인을 팔았으니 벌을 받아 마땅하다!"

양송은 자기 욕심만 차리다가 목숨을 잃고 만 것입니다.

마침내 조조는 한중을 차지해 더욱 넓은 땅과 수많은 군사를 얻게 되었습니다. 이때 마초가 아끼던 장수 방덕은 조조의 부하가 되었습니다.

조조는 한중에 머물면서 유비와 싸울 기회만 엿보았습

니다. 이제 익주의 백성들은 두려움에 떨었습니다.

유비는 제갈량을 불러 의논했습니다.

"조조가 한중에 있으니 꼭 머리에 뜨거운 화로를 이고 있는 기분입니다."

"저에게 조조를 물러가게 할 꾀가 있습니다."

제갈량의 말에 유비는 귀가 솔깃했습니다.

"손권의 힘을 빌리면 됩니다."

"손권은 우리와 사이가 좋지 않잖소?"

"이제라도 형주의 세 고을을 강동에게 돌려주십시오. 그런 다음 손권에게 조조의 땅으로 쳐들어가라고 하십시오."

유비는 제갈량의 말이 옳다고 생각하고 손권에게 편지를 보냈습니다. 관우에게도 세 고을을 손권에게 돌려주라고 일렀습니다.

편지를 받은 손권은 몹시 기뻐했습니다.

"지금 조조가 멀리 한중에 있으니 유비의 말대로 조조의 땅을 빼앗도록 하자."

손권은 장강을 건너 조조의 군사가 지키는 환성으로 쳐들어갔습니다. 강동의 용맹한 장수 감녕이 앞장서서 금세 환성을 빼앗아 버렸습니다.

환성을 차지한 손권은 합비성까지 차지하고 싶었습니다. 손권은 한시도 지체하지 않고 합비성으로 쳐들어갔습니다.

장요는 서둘러 한중에 있는 조조에게 이 소식을 알렸습니다. 조조는 한중에서 막 성도로 쳐들어갈 참이었습니다. 그러다 손권이 쳐들어왔다는 소식을 듣고 깜짝 놀랐습니다.

"유비와 손권이 번갈아 가면서 나를 괴롭히는구나!"

조조는 사십만 군사를 이끌고 한중에서 수천 리나 떨어진 합비성으로 달려갔습니다. 제갈량의 작전이 맞아떨어진 것입니다.

조조의 사십만 대군이 합비성으로 몰려온다는 소식에 손권이 놀랐습니다.

"누가 조조 군사의 기를 꺾어 놓겠소?"

손권이 장수들을 둘러보며 말하자 능통이 나섰습니다.

"제게 군사 삼천을 주시면 조조를 혼내 주겠습니다."

감녕도 끼어들었습니다.

"저는 군사 백 명으로 조조를 혼내 줄 수 있습니다."

능통과 감녕은 사이가 좋지 않았습니다. 감녕이 형주의

장수일 때 장강의 전투에서 능통의 아버지를 활로 쏘아 죽였기 때문입니다.

두 사람은 서로 눈을 부릅뜨며 당장이라도 칼을 빼어 들 기세였습니다. 손권이 얼른 두 사람을 가로막고 능통에게 먼저 군사 삼천을 내주었습니다.

능통은 군사를 거느리고 달려 나갔습니다. 마침 조조의 장수 장요가 앞장서서 달려오고 있었습니다. 두 장수는 서로 맞서 백여 차례나 싸웠지만 승부가 나지 않았습니다. 손권은 능통이 다칠까 봐 북을 쳐서 불러들였습니다. 이것을 보고 감녕이 말했습니다.

"저에게 병사 백 명만 주시면 조조를 혼내 주겠습니다. 한 사람이라도 다치면 무슨 벌이든 달게 받겠습니다."

손권은 기뻐하며 용맹한 병사 백 명을 뽑아 감녕에게 주었습니다.

감녕은 백 명의 병사들에게 하얀 거위 깃털을 나누어 주었습니다.

"밤에도 서로 알아볼 수 있게 깃털을 투구에 꽂아라."

밤이 깊어지자 감녕은 깃털을 꽂은 병사들을 이끌고 조조의 진지로 쳐들어갔습니다. 병사들은 무서운 기세로 울

타리를 뛰어넘어 진지 안으로 들어갔습니다. 감녕과 병사들은 목청껏 함성을 지르며 마음대로 휘젓고 다녔습니다.

잠에서 깨어난 조조의 병사들은 어두워서 누가 적인지 알 수 없었습니다. 병사들은 어둠 속에서 우왕좌왕하다가 자기편끼리 칼을 휘두르고 싸웠습니다. 그러는 사이 감녕과 병사들은 적을 수없이 쓰러뜨렸습니다.

"어서 횃불을 밝혀라!"

조조의 병사들이 한참만에 불을 밝혔습니다. 하지만 그때는 이미 감녕이 병사들을 이끌고 돌아간 뒤였습니다.

감녕과 병사들은 한 사람도 다치지 않고 무사했습니다.

"내게 감녕 장군이 있으니 세상에 두려울 것이 없구려."

손권은 감녕에게 비단 천 필과 보검 백 자루를 상으로 내렸습니다.

이튿날, 장요가 어젯밤의 패배를 되갚으려고 싸움을 걸어왔습니다. 그 모습을 본 능통이 손권에게 말했습니다.

"이번에는 제가 장요를 물리치겠습니다."

손권이 머리를 끄덕이자 능통은 군사를 거느리고 진지를 나섰습니다. 능통과 장요는 서로 맞서 오십여 차례나 싸웠지만 승부가 나지 않았습니다. 그때 멀리서 보고 있던 조조가 조휴라는 장수를 불렀습니다.

"너는 활을 잘 쏘니 능통을 쏘아서 맞혀라."

조휴가 병사들 틈에 숨어서 화살을 날렸습니다. 화살은 능통이 타고 있던 말을 맞혔습니다. 능통의 말이 놀라서 앞다리를 번쩍 들어 올렸습니다. 그 바람에 능통이 땅바닥에 떨어졌습니다.

조조의 장수 악진이 말을 타고 달려와 창으로 능통을 찌르려 했습니다. 순간, 악진이 갑자기 얼굴을 감싸 쥐며 말에서 떨어졌습니다. 손권의 병사가 악진에게 활을 쏜 것입니다.

조조와 손권의 병사들이 각각 능통과 악진을 구해서 자기 진영으로 돌아갔습니다. 능통은 손권에게 절을 올렸습니다.

"주공, 저를 구해 주셔서 감사합니다."

"그대를 구해 준 사람은 내가 아니라 감녕이오."

이 말을 듣고 능통은 감녕 앞에 가서 무릎을 꿇었습니다.

"목숨을 구해 주셔서 고맙습니다. 그동안 제가 저지른 잘못을 용서해 주십시오."

"아니오. 앞으로는 형제처럼 지냅시다."

감녕이 능통의 손을 잡아 일으켜 세웠습니다. 이때부터 두 사람은 친구가 되었습니다.

조조와 손권의 밀고 밀리는 싸움이 한 달 동안 계속되었습니다. 양쪽 군사들은 몹시 지쳤습니다. 마침내 손권이 먼저 포기했습니다.

'아무래도 조조와 휴전을 하는 게 낫겠어.'

손권은 조조에게 그만 싸우자는 편지를 보냈습니다.

'손권과 오래 싸워서 좋을 게 없지.'

조조도 얼른 손권의 제안을 받아들이고 합비성에 장요를 남겨 둔 채 허도로 돌아갔습니다.

조조는 오랜 전쟁으로 몹시 지쳤지만, 한중을 얻어 기분이 좋았습니다.

그러는 가운데도 조조의 아랫사람들은 조조를 왕으로 세우려고 황제를 협박했습니다.

"승상께서는 나라를 위해 애쓰시니 왕이 되어야 마땅합니다."

"황제 폐하는 어서 승상께 왕의 자리를 내리십시오."

황제는 조조가 두려워서 마지못해 허락했습니다. 황제는 조조를 왕으로 삼고, '위왕'이라 부르도록 했습니다.

마침내 한나라의 한가운데와 북쪽이 위왕인 조조의 땅이 되었습니다. 사람들은 이를 '위나라'라고 불렀습니다.

'내가 드디어 왕이 되었구나.'

조조는 기뻐서 어쩔 줄을 몰랐습니다. 아랫사람들은 조조를 대왕 마마라고 부르며 더욱 아첨을 떨었고, 조조는 왕관을 쓰고 황제가 타는 수레를 타고 다녔습니다.

황제는 온 나라를 다스리는 가장 높은 자리입니다. 왕은 어느 한 지방이나 몇 지방을 맡아서 다스리기 때문에 황제 다음으로 높습니다. 황제는 한 사람이지만 왕은 여럿일 수 있습니다.

그러나 조조는 황제와 다름없었습니다.

유비, 촉왕이 되다

조조는 유비에게서 한중을 지키기 위해 조홍과 장합을 보냈습니다. 장합이 군사를 이끌고 먼저 가맹관으로 달려 갔습니다. 유비가 이 소식을 듣고 제갈량과 의논했습니다.

"가맹관을 빼앗기면 성도가 위태롭소. 공명, 누가 장합을 막는 게 좋겠소?"

"장비가 아니면 장합을 이길 사람이 없습니다. 그런데 장비는 와구관을 지켜야 하니 저도 어찌해야 좋을지 모르겠군요."

그러자 머리가 새하얀 노인 장수 황충이 나섰습니다.

"장군은 나이가 너무 많아요. 장합은 젊고 힘이 셉니다."

"아직 장합 하나쯤은 얼마든지 물리칠 수 있습니다."

"장군의 나이가 벌써 일흔인데 장군께서는 어찌 늙지 않았다고 하시오?"

그러자 황충은 곁에 세워 둔 어른 키만 한 활을 들어 안쪽으로 힘껏 잡아당겼습니다. 활이 부러지며 두 동강이 났습니다.

"이래도 나를 늙었다고 하시겠소?"

그제야 비로소 제갈량이 빙그레 웃으며 허락했습니다.

이때 황충이 엄안과 함께 가겠다고 말하자 여러 장수들은 비웃었습니다. 엄안도 황충처럼 나이가 많은 노인이었기 때문입니다. 하지만 제갈량은 황충과 엄안을 가맹관으로 보냈습니다.

황충이 엄안을 보고 말했습니다.

"젊은 장수들이 우리가 늙었다고 비웃는구려. 이번에 우리의 힘을 보여 줍시다."

두 할아버지 장수는 서로 굳게 약속했습니다.

황충은 가맹관에 도착해 장합과 싸우러 나갔습니다. 장합은 황충을 보고 웃음을 참지 못했습니다.

"이 빠진 늙은이가 어디서 감히 나서느냐?"

그러자 황충이 버럭 소리를 지르며 장합에게 달려들었습니다. 황충은 장합에게 조금도 밀리지 않았습니다.

"너 같은 녀석은 내가 상대해 주겠다!"

이번에는 엄안이 달려들었습니다. 장합은 두 노인 장수를 당해 내지 못하고 달아났습니다. 황충과 엄안은 군사를 몰아서 장합을 뒤쫓았습니다. 장합은 크게 지고 멀리 도망쳤습니다.

황충과 엄안은 돌아와 적을 물리칠 일을 의논했습니다.

"엄장군은 천탕산으로 가서 숨어 있다가 장합이 오거든 덮치시오. 내가 장합을 천탕산으로 쫓아 보내겠소."

천탕산은 조조의 군사가 식량을 쌓아 두는 곳입니다. 황충은 적의 군량을 빼앗을 생각이었습니다.

"이제부터 슬슬 장합을 꾀어내야겠군."

황충은 군사를 거느리고 장합과 싸우러 나갔습니다. 그런데 이번에는 황충이 크게 지고 진지마저 내버리고 도망쳤습니다. 다음 날도 황충은 크게 지고 도망쳤습니다.

"이 늙은이가 이제 지쳤나 보구나."

장합은 신이 나서 황충을 뒤쫓았습니다.

그 뒤로도 황충은 여러 차례 장합에게 져서 마침내 가맹관까지 물러갔습니다.

황충은 깊은 밤에 군사를 이끌고 가맹관을 나섰습니다.

장합의 병사들은 여러 차례나 이긴 뒤라 마음 놓고 자고 있었습니다. 이 틈에 황충은 장합의 진지로 뛰어들어 장합의 병사들에게 마음껏 칼을 휘둘렀습니다. 장합과 부하들은 안장도 없이 말에 올라 도망치다 자기들끼리 짓밟아서 수없이 죽었습니다.

황충은 잃었던 진지를 모조리 되찾고, 수많은 말과 무기와 식량까지 공짜로 얻었습니다. 황충이 쉬지 않고 장합을 뒤쫓자 유비의 양아들 유봉이 놀라서 말렸습니다.

"병사들이 많이 지쳤으니 잠깐 쉬는 게 좋겠습니다."

"호랑이를 잡으려면 호랑이 굴로 들어가야 하오."

황충이 유봉의 말을 듣지 않고 앞장서서 달렸습니다. 장합은 황충이 생각한 대로 천탕산으로 도망쳤습니다. 그곳에는 군량을 지키는 조조의 군사가 많았습니다.

밤이 되자 북소리가 울리며 황충의 군사가 천탕산에 쳐들어왔습니다. 장합은 황충을 비웃었습니다.

"늙은이가 힘만 믿고 날뛰는구나. 이젠 지쳤을 테니 한꺼번에 공격하자."

양쪽 병사들이 서로 어지럽게 뒤엉켰습니다. 그런데 그때 장합의 뒤에서 함성이 울리며 불길이 치솟았습니다.

"장합아, 내가 오래전부터 기다리고 있었다."

엄안이 장합의 뒤에서 달려들었습니다. 장합은 앞뒤로 공격을 받고 크게 패했습니다.

장합은 이번에는 정군산으로 도망갔습니다. 그곳은 용맹한 장수 하후연이 지키고 있었습니다.

한편, 유비는 황충의 승리 소식을 듣고 장수들을 불렀습니다.

"지금이 한중을 차지할 좋은 기회요. 나도 싸움에 나서겠소."

유비는 군사 십만을 이끌고 가맹관의 황충과 만났습니다.

"정군산에 있는 조조의 군량을 빼앗아야겠소."

"제가 당장 달려가서 빼앗아 버리겠습니다."

황충이 우렁차게 대답하는데 제갈량이 고개를 흔들었습니다.

"그곳은 용맹한 하후연이 지키고 있어요. 관우가 아니면 아무도 하후연을 이길 수 없습니다."

황충이 이 말을 듣고 버럭 소리를 질렀습니다.

"선생은 왜 자꾸만 나를 무시합니까?"

그제야 제갈량은 빙그레 웃으며 허락했습니다.

"좋습니다. 장군의 용맹을 다시 한 번 믿어 볼까요?"

황충은 흰 수염을 날리며 재빠르게 달려 나갔습니다. 그것을 보고 제갈량이 유비에게 말했습니다.

"제가 일부러 두 번이나 황장군을 화나게 했습니다. 그래야 더욱 힘을 내서 싸울 테니까요."

영문을 모르던 유비가 비로소 고개를 끄덕였습니다.

황충이 정군산 어귀에 도착해 보니 하후연의 진지는 높은 산언덕에 자리 잡고 있었습니다.

"하후연아, 황충이 너와 싸우러 왔다!"

하지만 하후연은 대꾸조차 하지 않았습니다.

황충은 정군산 주위를 둘러보며 하후연을 꾀어낼 궁리를 했습니다. 마침 정군산 서쪽에 우뚝 솟은 산봉우리가 하나 있었습니다. 황충은 그 산봉우리를 보자 좋은 생각이 떠올랐습니다.

"나는 저 산봉우리로 올라가 하후연을 꾀어내야겠다. 너희들은 산 아래 숨어 있다가 하후연이 지치거든 깃발을 들어올려라."

황충은 군사를 이끌고 산봉우리로 올라가며 소리를 지르게 했습니다.

"역적의 졸개들아, 우리가 여기 있다!"

"너희들의 뒤통수까지 다 보이는구나!"

건너편 진지에서 이 소리를 들은 하후연은 약이 올라서 당장 싸우러 나가려고 했습니다. 그러자 장합이 하후연을 말렸습니다.

"저건 황충의 속임수입니다. 나가지 마십시오."

"왜 그렇게 겁이 많소? 그러니 황충에게 지기만 했지."

하후연은 장합을 나무라며 달려 나갔습니다. 그런데 이번에는 황충이 싸우려고 하지 않았습니다.

하후연이 싸움을 걸었지만 황충의 병사들은 봉우리만 지켰습니다.

하후연은 화를 내며 산봉우리 아래를 맴돌았습니다. 봉우리 위로 오르려고 하면 돌과 나무토막들이 굴러 떨어졌습니다.

한낮이 되자 하후연의 군사는 지칠 대로 지쳤습니다.

그때 산 아래에 숨어 있던 황충의 부하가 붉은 깃발을 들어올렸습니다.

"바로 지금이다. 온 힘을 다해서 적을 공격하라!"

황충을 뒤따르는 병사들의 함성이 골짜기를 쩌렁쩌렁 울렸습니다.

놀란 하후연은 말 위로 후다닥 뛰어올랐습니다. 그런데 미처 창을 들기도 전에 황충이 먼저 달려들었습니다. 황충은 번개처럼 칼을 휘둘렀습니다.

하후연이 비명을 지르며 말에서 굴러 떨어져 죽고 말았습니다. 병사들은 그것을 보고 뿔뿔이 흩어져서 달아났습니다.

황충이 이기고 돌아오자 유비는 황충에게 대장군 벼슬을 내렸습니다.

"이제는 한중만 남았소."

유비는 장비와 위연을 한중으로 보냈습니다. 두 사람이 이끄는 군사가 물밀듯이 한중성으로 달려갔습니다. 조조가 허도에서 이 소식을 듣고 펄쩍 뛰었습니다.

"한중을 잃으면 유비가 중원까지 넘볼 것이다."

사십만 대군을 이끌고 한중에 온 조조는 북산이란 곳에 군량을 쌓게 한 뒤 유비와 싸우러 나갔습니다. 조조의 군사가 쳐들어오자 제갈량은 황충을 불렀습니다.

"북산의 군량마저 불태우면 조조는 물러갈 것이오."

"이 늙은이가 달려가서 북산까지 불태워 버리겠소."

황충이 떠나자 제갈량이 조운을 불렀습니다.

"아무래도 장군이 황충 장군을 따라가 도와야겠소."

조운이 황충이 떠난 길을 뒤따라 달려갔습니다.

황충은 이른 새벽에 북산 아래 이르렀습니다. 황충은 망설임 없이 조조의 병사들에게 달려들었습니다.

조조의 병사들이 황충을 보더니 너도나도 도망쳤습니다. 그러나 그건 조조가 꾸민 속임수였습니다.

"황충아, 너는 포위되었다!"

숨어 있던 장합과 서황이 나타나 황충을 겹겹으로 포위했습니다. 황충은 온 힘을 다해 싸웠지만 장합과 서황을 당해 낼 수 없었습니다.

황충이 마지막 힘을 내서 서황의 도끼를 막아 낼 때였습니다. 벼락 같은 고함을 지르며 조운이 나타났습니다.

"황장군, 안심하십시오. 여기 조자룡이 왔습니다!"

조운은 아무도 없는 벌판에서 홀로 춤을 추듯 창을 휘둘러 수많은 적을 쓰러뜨렸습니다. 마침 조조가 언덕 위에서 조운이 싸우는 모습을 보았습니다.

"장판파를 휘젓던 호랑이가 아직도 살아 있구나. 장수들에게 조자룡을 조심하라고 일러라."

조운은 포위를 뚫고 황충과 함께 진지로 도망쳤습니다. 조조의 군사도 포기하지 않고 개미 떼처럼 조운의 진지로 몰려왔습니다. 병사들이 잔뜩 겁을 먹었지만 조운은 당당했습니다.

"내가 막을 테니 너희들은 활을 들고 몸을 숨겨라."

조운은 진지 문을 활짝 열어 놓고 말을 탄 채 앞을 노려보았습니다. 손에는 창 한 자루만을 움켜쥐고 있었습니다. 조조의 병사들이 달려들다가 우뚝 멈춰 섰습니다. 앞을 노려보는 조운의 눈빛이 너무나 무서웠기 때문입니다.

"이놈들아, 어서 덤비지 않고 뭘 하느냐!"

조운이 호령하며 창을 들어 크게 한 번 휘둘렀습니다. 그것을 신호로 조운의 진지에서 화살이 빗발치듯 날아올랐습니다. 조조의 병사들은 화살을 피해 앞다투어 도망치느라 자기들끼리 짓밟고 쓰러졌습니다.

조조도 어둠 속에서 말을 달려 도망쳤습니다.

"유비와 공명 때문에 내가 제 명에 못 살겠구나."

조조는 분해서 군사를 이끌고 다시 싸우러 나갔습니다.

유비가 이 소식을 듣고 자리에서 벌떡 일어났습니다.

"내가 나서서 조조를 물리쳐야겠다."

유비의 군대와 조조의 군대는 벌판에서 마주쳤습니다. 넓은 벌판 위로 마른 흙바람이 불었습니다.

유비는 양아들 유봉을 먼저 내보냈고 조조는 서황을 내보냈습니다.

유봉과 서황은 벌판 한가운데서 불꽃을 튀기며 싸웠습니다. 그러다 유봉이 먼저 지쳐서 말을 돌려 달아났습니다. 멀리서 조조가 소리쳤습니다.

"유봉이 도망치니 한꺼번에 돌격하라!"

조조의 병사들이 흙먼지를 일으키며 달려 나갔습니다. 그때 유비의 군사 쪽에서 갑자기 화약 터지는 소리가 나더니 뒤이어 우렁찬 북소리와 나팔 소리가 울렸습니다. 조조는 지레 겁을 먹고 말을 돌려 달아났습니다.

유비의 군사가 쉬지 않고 뒤쫓자 조조는 양평관마저 버리고 야곡이라는 곳으로 도망쳤습니다. 조조는 야곡에 이르자 겨우 정신을 차렸습니다.

"여기에 진지를 세우고 머물도록 하자."

조조는 진지를 세우고 흩어진 병사들을 모았습니다. 그

날 밤, 조조가 저녁을 먹는데 닭고기 요리가 나왔습니다. 조조가 닭갈비 하나를 집어 들다가 문득 슬픈 생각이 들었습니다.

'닭갈비가 꼭 내 마음 같구나. 먹자니 뜯을 살이 없고, 그냥 버리자니 아깝고.'

조조는 한중에서 이대로 싸우자니 유비를 이길 수 없을 것 같았고, 허도로 돌아가자니 한중이 아까웠습니다.

이때 장수 하후돈이 들어와서 조조에게 물었습니다.

"오늘밤 보초들이 쓸 암호를 무엇으로 정할까요?"

"음, 계륵으로 해라."

'계륵'은 닭갈비를 말합니다. 양수라는 관리는 그날 밤의 암호가 계륵이라는 말을 듣고 조조의 마음을 눈치챘습니다. 양수는 부하들에게 짐을 꾸리고 돌아갈 채비를 하게 했습니다.

조조가 이 말을 듣고 양수를 불러 물었습니다.

"그대는 왜 시키지도 않은 짓을 하는가?"

"대왕께서는 지금 앞으로 나아가자니 유비를 이길 수 없고, 뒤로 물러서자니 남들의 비웃음을 살까 두려운 처지에 계십니다. 이것은 먹자니 살이 적고, 버리자니 아까운 계록과 같습니다. 여기 있어 보았자 아무런 이득도 없으니 대왕께서는 내일 일찌감치 군사를 물릴 것입니다."

조조는 양수가 자기 마음을 훤히 다 알고 있는 것이 부끄럽고 화가 났습니다.

"네놈이 감히 말을 지어내 병사들의 마음을 어지럽히는구나! 당장 이놈을 끌어내 목을 쳐라!"

병사들은 양수의 목이 달아나는 것을 보고 두려움에 떨었습니다.

한편, 조조를 뒤쫓던 제갈량은 마초와 위연을 야곡으로 보냈습니다. 위연이 먼저 조조의 장수와 싸우는 사이, 마초가 조조의 진지를 뒤쪽에서 공격했습니다. 조조는 칼을 빼들고 호령했습니다.

"뒤로 물러나는 병사는 내 칼이 용서하지 않겠다!"

조조의 장수와 병사들은 마지막 힘을 다해 싸웠습니다. 위연이 일부러 못 이기는 척하고 물러가자 조조는 군사를 몰아 마초와 싸우게 했습니다. 그리고 높은 언덕에 올라 양쪽 군사들이 싸우는 모습을 살폈습니다.

바로 그때 위연이 군사를 거느리고 조조 앞에 불쑥 나타났습니다.

"조조야, 위연이 여기 있다!"

위연은 화살을 시위에 물려 조조에게 쏘았습니다. 화살은 조조의 입을 맞혔습니다.

"으윽!"

조조는 손으로 입을 감싸며 말에서 떨어졌습니다. 입에서 시뻘건 피가 흘렀습니다.

"대왕!"

위연이 칼을 빼들고 조조에게 달려드는 순간, 조조의 장수 방덕이 달려와 위연을 쫓아 버렸습니다. 방덕에 의해 겨우 목숨을 건진 조조는 수레에 누워 허도로 돌아갔습니다. 조조는 입에 화살을 맞고 앞니 두 개가 부러졌습니다.

유비는 마침내 한중까지 차지해서 넓은 익주 땅을 모두 다스리게 되었습니다. 이때 누구보다 기뻐한 사람은 제갈량이었습니다.

그러던 어느 날, 여러 장수들이 유비를 찾아와 간청했습니다.

"주공께서 이제 황제가 되어야 한다고 생각합니다."

"폐하께서 살아 계신데 그게 무슨 말이오?"

모두들 간곡하게 주장했지만 유비는 듣지 않았습니다.

그러자 제갈량이 자신의 속마음을 털어놓았습니다.

"황제가 싫다면 왕의 자리에 오르십시오."

"나는 자격이 없소. 그저 폐하의 신하일 뿐이오."

"역적인 조조도 위왕이 되는 세상인데 주공이야말로 왕이 되셔서 나라를 바로잡아야 합니다."

제갈량이 끈질기게 설득했습니다.

"어진 주공께서 왕이 되시는 것이 백성을 편안하게 하고 나라를 구하는 길입니다."

마침내 유비가 고개를 끄덕였습니다.

"그러면 이곳 한중을 다스리는 왕의 자리를 맡겠소."

이렇게 하여 제갈량은 성 밖에 높은 단을 쌓고 관리와 장수들을 불러 모았습니다. 병사들과 백성들이 구름처럼 모여들었습니다.

"대왕께서는 어서 단 위로 오르십시오."

관리들이 유비를 단 위로 이끌었습니다.

제갈량을 비롯한 아랫사람들이 무릎을 꿇고 유비에게 큰절을 올렸습니다.

"목숨을 바쳐 대왕께 충성을 다하겠습니다."

백성들과 병사들은 손뼉을 치며 만세를 불렀습니다.

익주 땅에 나라가 들어서고, 유비는 왕이 되었습니다. 익주의 또 다른 이름은 '촉'입니다. 그래서 사람들은 익주 땅에 세워진 나라를 '촉나라'라 하고, 유비를 '촉왕'이라 불렀습니다.

유비는 아들 유선을 왕세자로 삼았습니다. 공명에게는 여전히 군사의 벼슬을 주어 병사와 관리들을 도맡아 다스리게 했습니다.

관우와 장비, 조운, 마초, 황충은 대장군이 되었습니다. 이 다섯 장군을 가리켜 '오호대장'이라 하는데, 오호대장이란 '다섯 명의 호랑이 대장군'이라는 뜻입니다.

한때 돗자리와 미투리를 만들어 팔던 유비가 나라와 백성을 위하는 어진 마음으로 왕의 자리에 오른 것입니다.

– 4권으로 이어집니다.

일곱 걸음 동안 시를 짓다

지략이 뛰어나고 병법에 능했던 조조는 우수한 작품을 많이 남긴 시인이기도 했습니다. 그 영향을 받아 둘째 아들 조비와 넷째 아들 조식도 글재주가 뛰어났는데(맏아들 조앙은 싸움터에서 목숨을 잃음), 특히 조식의 글솜씨가 매우 훌륭했습니다. 아버지 조조는 빼어난 글재주를 지닌 조식을 매우 사랑해 둘째 아들 대신 왕위를 잇게 할 생각까지 했다고 합니다. 그래서 조비는 동생을 시기했습니다.

▲ 조식 묘
조식은 '중국 문학사의 공자'라고 불릴 만큼 훌륭한 작품을 남겼고, 중국 문학에 큰 영향을 끼쳤다.

조조가 죽은 뒤 왕이 된 조비는 어느 날 조식을 불러 이렇게 말했습니다.

"일곱 걸음을 옮기는 동안 시를 짓도록 해라. 짓지 못할 땐 사형에 처하겠다."

그러자 조식은 걸음을 옮기며 이렇게 읊었습니다.

콩을 삶기 위해 콩대를 태우니	[煮豆燃豆萁 (자두연두기)]
콩이 가마솥 속에서 흐느낀다	[豆在釜中泣 (두재부중읍)]
본디 같은 뿌리에서 태어났거늘	[本是同根生 (본시동근생)]
어찌하여 이다지도 급히 삶아 대는가	[相煎何太急 (상전하태급)]

이 시가 바로 '일곱 걸음 걷는 동안 지은 시'라는 뜻의 《칠보시(七步之詩)》입니다. 조식은 자신을 콩에, 형을 콩대에 빗대어 권력 때문에 동생을 죽이려 하는 슬픈 현실을 표현한 것입니다.

이 시가 품은 뜻을 알아챈 조비는 동생을 풀어 주었습니다. 하지만 혹시 있을 반란을 막기 위해 한평생 감시의 끈을 놓지 않았고, 조식은 이리저리 떠돌아다니다 결국 41세의 젊은 나이에 세상을 떠났습니다.

삼국은 어디에 위치했을까?

적벽대전 이후, 강북의 조조와 강동의 손권, 파촉의 유비가 천하를 놓고 싸우는 삼국 시대가 열렸습니다.

조조가 차지한 강북은 중국 땅을 동서로 가로지르는 장강(양쯔 강)의 북쪽 지역을 말합니다. 예부터 농사가 잘 되고 문화가 발달했으며 인구가 많아 중국의 중심부라는 의미로 '중원'이라 불렸습니다. 당시에는 인구가 곧 국력을 뜻했기 때문에 이 지역에 자리잡은 위나라는 촉과 오나라에 비해 나라의 힘이 아주 강했습니다.

손권이 차지한 강동은 장강의 동쪽 지역을 일컫습니다. 장강은 길고 강 건너편이 보이지 않을 정도로 폭이 넓어 자연적인 방패 구실을 했습니다. 이러한 이로움 덕분에 손권은 오랫동안 조조에 맞설 수 있었습니다.

유비가 차지한 파촉은 중국 땅의 서쪽에 위치한 곳입니다. 사방이 산으로 둘러싸여 있고 산세도 험해 적의 공격을 방어하기에 좋았습니다. 그래서 유비는 이곳에서 적들의 침입을 받지 않고 힘을 기를 수 있었습니다.

▲ 위 · 촉 · 오 삼국의 위치

鷄 肋 (계륵)
닭 계   갈비 륵

조조와 유비가 한중(漢中) 땅을 놓고 싸울 때의 일입니다. 유비군의 거센 공격으로 곤경에 처한 조조는 말 그대로 진퇴양난(進退兩難: 나아가지도 물러나지도 못하는 어려운 상황)에 빠졌습니다. 고민을 거듭하던 중, 식사 때 닭 요리가 나왔습니다. 조조가 요리 속의 닭고기를 바라보고 있는데, 장수 하후돈이 그날 밤 보초들이 쓰는 암호를 물으러 왔습니다. 생각에 잠겨 있던 조조는 자신도 모르게 '계륵(鷄肋, 닭갈비)'이라고 중얼거렸지요.

이 말을 전해 들은 양수는 일찌감치 짐을 꾸려 그곳을 떠날 준비를 했습니다. '닭의 갈비뼈는 먹을 것은 없으나 버리기는 아깝다. 즉 이곳은 버리기는 아깝지만 대단한 땅은 아니라는 뜻이니, 장군께서 곧 돌아갈 결정을 내릴 것이다.'라고 짐작했기 때문입니다. 그러나 조조는 이 사실을 알고 화를 내며 양수를 죽였습니다. 영리한 양수에게 자신의 속마음을 들킨 것이 부끄럽고 화가 났기 때문이지요.

이 이야기는 《후한서》〈양수전(楊修傳)〉에 나오는데, 계륵은 큰 쓸모나 이익은 없지만 버리기는 아까운 것을 말할 때 사용합니다.

▲ 조조 탈
삼국 시대 이야기는 경극으로도 많이 공연되었다. 경극에서 조조의 얼굴은 흰색으로 표현하는데, 이것은 나쁜 사람을 상징한다.

적의 약점을 파고든 적벽대전

원소를 물리치고 장강 북쪽을 차지한 조조는 호시탐탐 강동을 노렸습니다. 당시 가장 강력한 세력이던 손권마저 이기고 천하를 통일하기 위해서였습니다.

서기 208년, 마침내 조조는 백만 대군을 이끌고 남쪽으로 떠났습니다. 손권은 유비와 손잡고 조조에 맞섰고, 조조군과 손권·유비군은 적벽에서 운명의 대결을 벌였습니다.

병사의 수만 놓고 보면 조조군이 훨씬 유리했지만, 손권과 유비군에게는 똑똑한 주유와 제갈공명이 있었습니다. 또 손권의 병사들은 어려서부터 장강 주변을 뛰어다니며 자라 수영을 잘하고 배 다루는 기술도 뛰어났습니다. 반면 조조군은 대부분 북쪽 지역 출신이어서 물에 익숙하지 않았고, 북방에서 장강까지 먼 길을 이동하느라 매우 지쳐 있었습니다. 여기에 나라를 위해 자신을 희생한 주유의 부하 황개의 용기도 연합군에게 큰 힘이 되었지요.

조조는 자신의 능력과 군사의 수만 믿고 낯선 남쪽 지방까지 내려왔지만 결국 손권·유비 연합군의 화공 작전에 걸려들어 크게 패하고 북쪽으로 쫓겨 가고 말았습니다. 이로써 손권은 강남의 대부분을, 유비는 파촉 지방을 얻을 수 있었습니다.

▲ 주유 동상

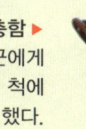

몽충함 ▶
손권군의 늙은 장수 황개는 조조군에게 항복하는 척하며 이 몽충함 수십 척에 불을 붙여 조조군의 배에 옮겨붙게 했다.

3권 인물 관계도

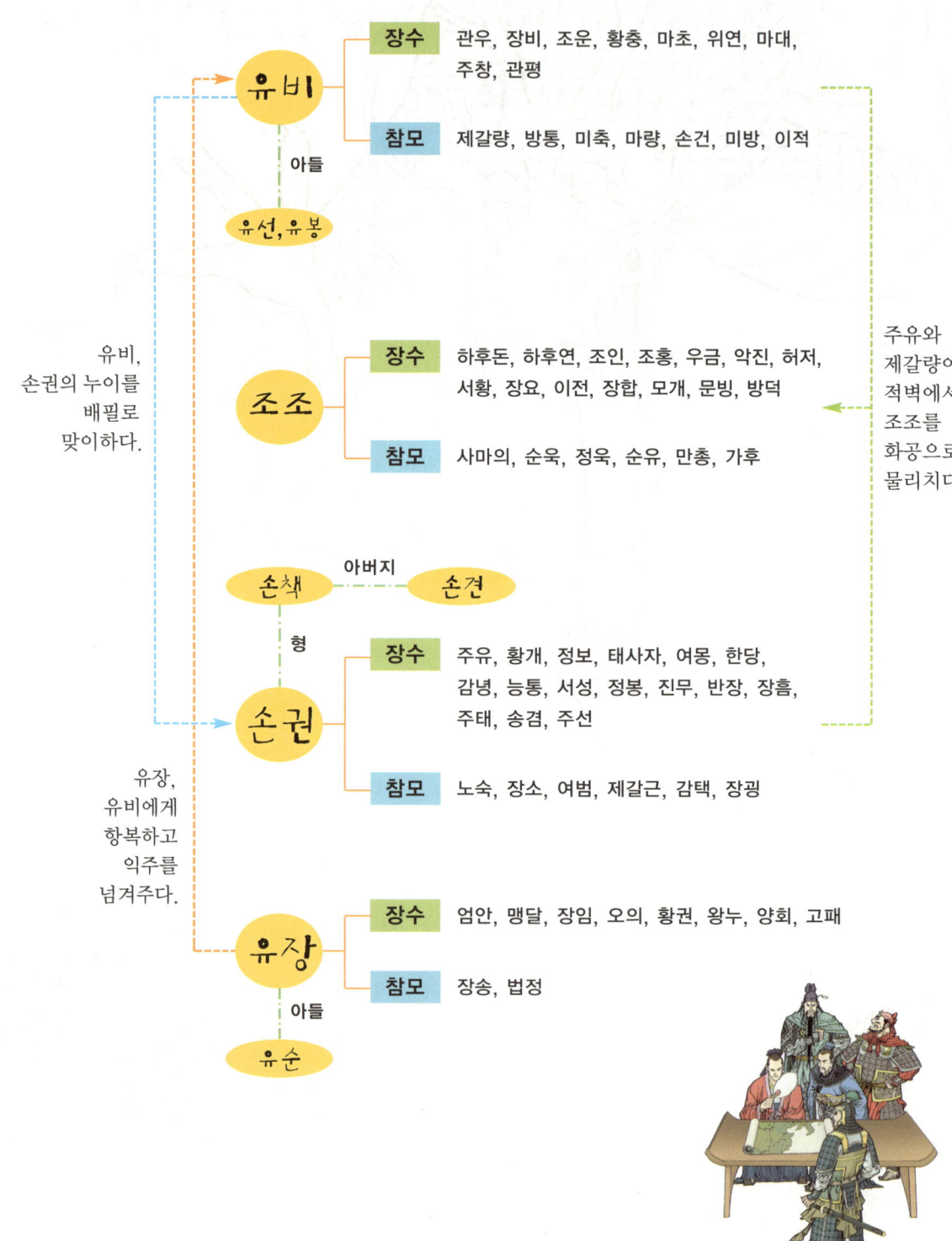

유비
- 장수: 관우, 장비, 조운, 황충, 마초, 위연, 마대, 주창, 관평
- 참모: 제갈량, 방통, 미축, 마량, 손건, 미방, 이적

아들
유선, 유봉

조조
- 장수: 하후돈, 하후연, 조인, 조홍, 우금, 악진, 허저, 서황, 장요, 이전, 장합, 모개, 문빙, 방덕
- 참모: 사마의, 순욱, 정욱, 순유, 만총, 가후

손책 —아버지— **손견**

형

손권
- 장수: 주유, 황개, 정보, 태사자, 여몽, 한당, 감녕, 능통, 서성, 정봉, 진무, 반장, 장흠, 주태, 송겸, 주선
- 참모: 노숙, 장소, 여범, 제갈근, 감택, 장굉

유장
- 장수: 엄안, 맹달, 장임, 오의, 황권, 왕누, 양회, 고패
- 참모: 장송, 법정

아들
유순

유비, 손권의 누이를 배필로 맞이하다.

주유와 제갈량이 적벽에서 조조를 화공으로 물리치다.

유장, 유비에게 항복하고 익주를 넘겨주다.

유비가 한중에서
촉왕이 되다.

서량의 마초가
장안의 조조를 공격하다.

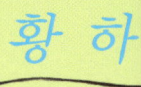 황 하

● 낙양

마초를 얻어
성도를 차지한 유비 ●
가맹관

● 장안

● 한중

유비가 형주와 익주를
차지하다.

번성
●

신

관우가 화용도에서
조조를 살려 주다.

● 성도

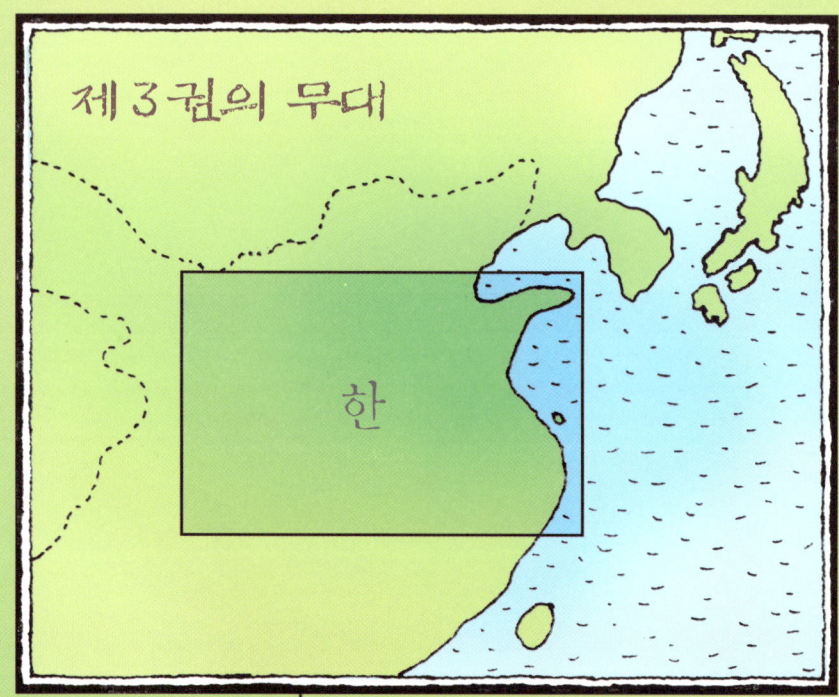

제3권의 무대

한

● 강릉
(형주성)

업

조조가 업군에
새 궁전 동작대를 짓다.

허도에서 조조가
위왕에 오르다.

도

오나라를 노리는 조조

적벽에서 조조의 배가
손권에게 전멸하다.

합비

건업

남서

하

오림

번구

적벽

시상

유비가 남서에서
손권의 누이와 결혼하다.

주유가 화병으로 죽다.

적벽의 남병산에서
제갈량이 동남풍을 불러오다.

원작 | 나관중

중국 14세기 원나라 말에서 명나라 초에 활동했던 소설가입니다. 1364년에 살았다는 기록은 있지만 구체적으로 어떻게 살았는지는 거의 전해져 오지 않습니다. 《삼국지》 등의 소설을 썼고, 여러 희곡을 쓰기도 했습니다.

글쓴이 | 김민수

전라북도 순창에서 태어나 중앙대학교 문예창작학과를 졸업하고, 같은 학교 대학원에서 문학박사 학위를 받았습니다. 그동안 문학 평론과 《장준하》 등 어린이를 위한 책을 써 왔습니다. 현재 중앙대학교에서 겸임교수로 문학을 강의하고 있습니다.

그린이 | 이현세

1982년 《공포의 외인구단》으로 '이현세 붐'을 일으킨 우리나라 만화계의 거장입니다. 《지옥의 링》 《남벌》 《아마게돈》 《천국의 신화》 등 많은 대작을 그렸습니다. 최근에는 《만화 한국사 바로 보기》 《만화 세계사 넓게 보기》 등으로 어린이 학습 만화의 새 지평을 열었습니다. 현재 세종대학교 영상만화학과 교수로 학생들을 가르치고 있습니다.

처음으로 만나는 삼국지3

불타는 적벽

1판 1쇄 발행일 2009년 7월 20일
1판 23쇄 발행일 2024년 4월 25일
글쓴이 | 김민수
그린이 | 이현세
펴낸이 | 강경태
펴낸곳 | 녹색지팡이&프레스(주)
등록번호 | 제16-3459호
제조국 | 대한민국
대상연령 | 8세 이상
주 소 | 서울시 강남구 테헤란로86길 14 윤천빌딩 6층 (우)06179
전 하 | (02)3450-4151 팩 스 | (02)3450-4010

Illustration copyright ⓒ 이현세, 2009
이 책의 출판권은 저작권자와 독점 계약한 녹색지팡이&프레스(주)에 있습니다.
저작권법에 의해 한국 내에서 보호를 받는 저작물이므로 무단 전재와 무단 복제를 금합니다.

ISBN 978-89-94780-06-1 64820
ISBN 978-89-94780-09-2 64820(세트)